KB195389

엄마가 몰래 훔쳐본
수민이의 일기

청동거울 어린이 ❹ ·······························

♫ 엄마가 몰래 훔쳐본
수민이의 일기

2001년 11월 5일 1판 1쇄 발행 / 2002년 9월 30일 1판 2쇄 발행

지은이 진수민 / 펴낸이 임은주
펴낸곳 도서출판 청동거울 / 출판등록 1998년 5월 14일 제13-532호
주소 (135-080) 서울 서초구 서초동 1360-28 익산빌딩 203호 / 전화 584-9886~7
팩스 584-9882 / 전자우편 cheong21@freechal.com

편집장 조태림 / 편집 조은정 / 북디자인·일러스트 우성남

값 6,500원

Writed by Jin, Soo Min.
Illustrations by Woo, Sung Nam.
Text Copyright © 2001 Jin, Soo Min.
Illustrations Copyright © 2001 Woo, Sung Nam.
All right reserved.
First published in Korea in 2001
by CHEONGDONGKEOWOOL Publishing Co.
Printed in Korea.

ISBN 89-88286-51-0

엄마가 몰래 훔쳐본

수민이의 일기

진수민 지음 ● 우성남 그림

청동거울

엄마와 함께 쓴 사랑의 일기

어린이 여러분, 오늘 일기 썼나요?

저런, 귀찮아서 쓰지 않았다고요?

쓰고는 싶지만 별로 쓸 말도 없고, 어떻게 써야 할지도 모르겠다고요?

그럼 이렇게 해보세요. 그냥 아무 때나 쓰고 싶을 때 쓰는 거예요. 아무 말이나 하고 싶은 말이 있을 때 쓰는 거예요.

친구와 싸운 날엔 속상한 마음을, 엄마 아빠에게 서운한 일이 있을 때나 욕심꾸러기 동생이 미울 때 일기장에다 화풀이를 하는 거예요. 그러고 나면 어느새 나쁜 감정이 다 풀리고, 친구가 더 좋아지고, 엄마 아빠가 자꾸 보고 싶어지고, 말썽꾸러기 동생도 너무 사랑스러워진답니다.

이 책에 실린 수민이의 일기도 그렇게 쓴 것들이랍니다. 한번 읽어 보면 수민이의 속마음이 솔직하게 드러나 있지요. 때로는 천진난만한 생각들이, 또 어느 땐 잘못된 생각이, 그러다 보면 어느새 제법 똑똑하고 어른스러워진 생각들이 담겨 있어요. 일기는 그렇게 솔직한 마음을 담으면 되는 거예요.

어린이 여러분들이 수민이의 일기를 보면서 일기 쓰기에 대한 부담을 조금이라도 덜었으면 좋겠어요. 평범한 일기일 뿐이지만 이 책을 통해서 여러분의 생활이나 생각도 되돌아보고 때로는 톡톡 튀는 수민이만의 생각과 개성도 느껴 보길 바랍니다. 그리고, 이 책에는 제가 수민이의 일기를 읽고 난 소감을 써서 일기 끝에

다가 자주 덧붙여 놓았어요. 수민이가 잘못 생각하고 있는 것을 지적해 주거나, 수민이를 칭찬해 주고 싶을 때 적어 넣은 것들이지요. 한번 읽어 보면 엄마가 여러분을 얼마나 사랑하는지 느끼게 될 거예요. 어느새 자신의 생각이 쑥쑥 커지고 깊어지고 있는 걸 느낄 거예요.

　모든 엄마들이 다 그렇겠지만 저는 세 남매의 엄마로서 아이들을 키우면서 가장 힘들고 고민되는 일은 아이들에게 부모로서 꼭 해주어야 할 일이 무엇인가 하는 것이었어요. 배불리 먹여 주고, 입혀 주는 것도 중요하지만, 그보다 더 소중한 건 올바른 생각으로 세상을 살아갈 수 있게 해주는 건 아닐까요. 그렇다고 매사를 지켜보면서 잔소리만 할 수도 없고……. 그래서 딸의 일기를 몰래 훔쳐보게 되었지요. 그러고는 딸에게 들려 주고 싶은 이야기를 해주는 거예요. 여기에 실린 수민이의 일기와 엄마의 이야기는 부모와 자식 간의 보이지 않는 벽을 허물고 더욱 솔직한 사랑의 마음을 전할 수 있게 해준답니다.

　이 책을 통해서 엄마의 사랑을 먹고 자라는 아이들과 아이에 대한 기대와 믿음으로 행복해 하는 엄마들의 사랑이 더욱 깊어지고 해맑아지길 바랍니다.

2001년 가을 무렵
수민이의 엄마
정경숙 씀

차 례

★ 수민이의 1~3학년 때의 일기

1부 빨강비
파랑비

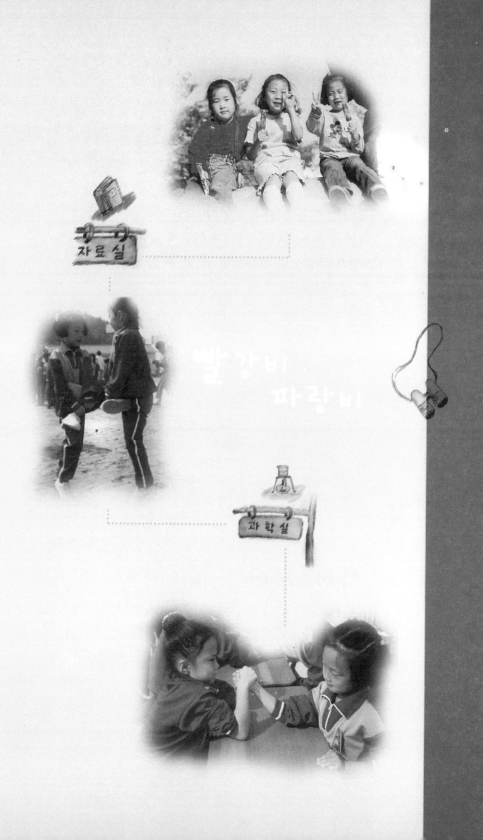

자료실

빨강비
파랑비

과 학 실

1995년 9월 22일 금요일

　새로 지은 학교 구경을 했는데 과학실, 연수실, 교무실, 교장실, 양호실, 방송실, 자료실 등이 있었다. 그런데 양호실의 문은 잠겨 있었다.
　학교 구경을 하니까 어디가 어딘지 알 수 있을 것 같았다. 앞으로 선생님 심부름도 잘 할 수 있겠다.
　참 재미있었다.

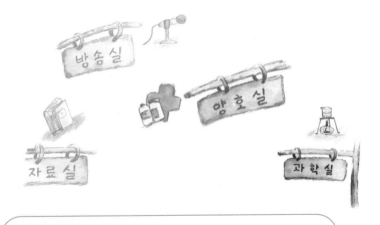

엄마가 수민이에게

　학교에 들어가더니 우리 수민이가 더 어른스러워졌구나. 선생님 심부름도 잘 하겠다는 생각을 하다니 말야.
　엄마가 큰딸을 참 잘 키웠다는 생각이 들어 절로 어깨에 힘이 들어가는걸.

10

눈높이 수학을 했는데 선생님이 학습지를 2개나 주셨다. 나는 선생님께,
"다음주가 무슨 날이에요?"
하고 물어 보았다.
선생님은,
"어, 다음주는 개천절이거든. 수민이는 개천절이 무슨 날인지 아니?"
나는 얼른 대답을 했다.
"네."
"그럼, 말해 보렴."

11

"부처님의 날 아니에요?"

선생님께서는 웃으시며,

"국어사전 있니?"

하고 물어 보셨다.

"네, 있어요."

"그래, 꺼내 보렴."

나는 엄마한테 물어 보고 나서 사전을 꺼냈다. 거기에는 단군 할아버지가 우리 나라를 만드신 날이라고 적혀 있었다. 처음엔 무슨 날인지 잘 몰라 헤매다가 알게 되니 재미있었다.

엄마가 수민이에게

수민이가 부처님 오신 날과 개천절을 혼동했던 모양이구나. 그래도 다행이다. 이젠 확실히 알게 되었으니. 하지만 한 가지 더. 단군 할아버지는 어떤 분일까? 혹시 잘 모르면 수민이 스스로 조사해 보렴. 그리고 엄마한테 알려 주었으면 좋겠구나.

1995년 11월 5일 일요일

　우리 식구들이랑 아빠 회사 직원들과 함께 내장산에 갔다. 거기에는 여러 가지 단풍잎이 예쁘게 물들어 있었다.

　호랑이 즉석 사진 찍는 데도 있었다.

　나는 케이블카를 타고 산꼭대기에도 가 보고, 망원경으로 산 밑의 경치를 보기도 했다.

　즐거운 하루를 보내느라고 시간이 많이 늦었다. 모두 함께 저녁을 먹고 헤어지게 됐다.

　너무 즐거워서 또 가고 싶다.

13

1996년 3월 1일 금요일

오늘은 삼일절, 국기 다는 날이다.

이 날을 국경일이라고 한다. 국경일은 우리 나라의 기쁜 날을 말하고 국기를 다는 날이다.

이 날 유관순 언니를 생각하며 묵념하는 날인데 묵념하라는 "삐" 소리가 안 들려서 묵념을 못 하고 말았다.

오전에 엄마가 나를 부르셨다. 국기가 떨어졌기 때문이다. 나는 경비실에서 태극기를 가져오면서 생각했다.

'왜 우리 아파트에는 태극기를 다는 데가 없을까?'

너무 궁금했다.

엄마가 수민이에게

엄마도 궁금했단다. 내일 관리실 아저씨한테 물어 보자꾸나. 왜 우리 아파트에는 국기 다는 데가 없는지.

14

1996년 3월 4일 월요일

오늘은 3월 4일, 대보름날이다.

밤에 창문 밖에는 보름달이 떴다. 그래서 소원을 빌었다. 더 의젓한 언니가 되게 해달라고……. 나는 마음속으로 둥근 달님에게 다짐했다.

소원을 빈 것처럼 정말 내 소원이 이루어질까? 너무 궁금했다.

엄마가 수민이에게

보름달을 볼 때마다 수민이의 소원을 자꾸만 떠올려 보렴. 그러다 보면 소원이 이루어질 수도 있단다. 엄마는 진실한 마음이 미래를 바꾸는 거라고 생각하거든.

그리고 달님이 매일 밤 수민이 자는 얼굴을 다정히 쳐다보는데 어떻게 수민이 부탁을 거절할 수 있겠니?

15

1996년 4월 5일 금요일

　가족과 함께 임실 산소에 가서 나무 여섯 그루를 심었
다.
　아빠는 물을 떠 오시고 구덩이를 파셨고, 엄마는 잡초
를 뽑고, 우리 둘째는 셋째를 돌보았다.
　나는 묘목을 나르거나 물을 주었다. 나무를 다 심은 다
음 우리 가족은 사과를 먹으며 이야기를 나누었다.
　참 재미있는 하루였다. 잊지 말고 가끔 와서 나무를 돌
보아 주어야겠다고 생각했다.

1996년 4월 14일 일요일

　엄마 아빠가 순천 뉴코아백화점에 가셔서 내가 혼자서 동생들을 돌보았다.

　여러 가지 과일을 깎아서 주고 과자 주고, 설거지까지 하고 우유도 줬다. 엄마가 하시는 것처럼 카펫도 깔고 난방을 켜고 방을 치웠다. 동생도 재웠다. 그런 일을 마친 후 놀았다.

　좀 힘들었지만 내가 스스로 하고 싶은 일들을 해서 기분이 참 좋았다.

엄마가 수민이에게

　다시 봐야겠는걸. 의젓한 장녀 역할을 뚝순이처럼 해내다니. 아빠도 너희들 걱정을 많이 하셨단다. 엄마가 아빠에게 뭐라고 말했는 줄 아니? 수민이를 믿어 보세요라고 했단다. 엄마가 큰소리치긴 했지만 한편으로는 걱정도 많이 들더구나.

　엄마의 체면을 세워 줘서 고맙다. 푹 자고 좋은 꿈꾸거라.

1996년 5월 31일 금요일

오래 전에 학교에서 '읽기' 시간에 배운 동시 「이슬비 색시비」를 다시 눈으로 읽었다. 동시가 곱고 재미있어서 다시 한 번 맑은 소리로 동시를 읽었다.

동시를 읽어 보니 거기에는 우리가 전혀 생각하지 못할 재미있는 말이 쓰여 있었다. 그 중에서 빨강비와 파랑비란 말이 쓰여 있었는데 그 말이 아주 재미있었다.

세상에는 빨강비와 파랑비가 없기 때문이다. 나도 지은이처럼 재미있는 동시를 써 보고 싶다.

엄마가 수민이에게

수민이는 관찰력도 있고, 활동적인 성격이라 동시도 잘 쓸 거야. 동시를 쓰면 수민이가 미처 생각하지 못했던 주변을 다시 한 번 눈여겨보게 된단다. 그러다 보면 수민이도 「이슬비 색시비」처럼 멋진 동시를 쓸 수 있을 거야.

  학교에서 여름철의 생활에 대해서 배웠다. 선생님은
여름이 되면 과수원이나 농장에선 과일을 따기도 한다
고 하셨다. 그리고 여름에 주의해야 할 것을 말씀하셨
다. 첫째는 선풍기 바람 오래 쐬지 않기, 둘째로는 상한
음식이나 오래된 식품 먹지 않기라고 말씀하셨다. 여름
철에 매우 주의할 것은 상한 음식, 날짜가 지난 식품, 오
래된 식품 등을 먹으면 안 된다고 하셨다. 냉장고에 있
는 오래된 식품, 날짜가 지난 식품 등도 먹으면 안 된다
고 하셨다. 여름에는 콜레라나 대장균이라는 해독충이
많기 때문이라고 하셨다. 선생님의 말씀대로 해독충을
조심해야지!

1997년 3월 8일 토요일

　사랑하는 소희에게

　소희야! 우리가 만난 지도 2년이나 지났구나. 몸은 건강하니?
　요즘 날씨가 많이 추워졌어. 너를 만나고 싶었지만 우리 집에서 멀리 떨어져 있어서 만나지 못했어.
　아참! 깜빡 잊을 뻔했구나. 내일 내 생일 잔치를 하는데 너를 초대하고 싶었단다.
　유치원 때 너랑 같이 싸웠던 것 진심으로 사과할게. 지금은 유치원 때 추억이 그립구나. 유치원 때 너와 친한 친구, 싸우지 않은 좋은 친구였으면 아직까지도 헤어지지 않았을 텐데 유치원 때 싸웠던 게 후회되는구나.
　그럼, 다시 만나길 바라면서 안녕.

　　　　　　　　1997년 유치원 친구 수민이가

반장 선거가 열렸다. 나도 물론 나가고 싶었지만 아이들이 동의를 해주지 않았다. 반장 선거에서는 영화가 반장으로 뽑혔고, 부반장은 민창이가 되었다.

이제부터 중요한 시간! 왜냐하면 회장, 부회장 선거이기 때문이다. 나도 잘 듣고 있었지만 아이들은 이번에도 동의를 해주지 않았다. 회장은 별명이 '달려라 하니'인 정하니, 부회장은 착한 윤태성이었다.

다른 반은 서기를 투표로 뽑았는데 우리 반만 선생님이 뽑아 주셨다. 서기 두 명은 나와 나보다 공부를 더 잘해서 내가 좋아하는 이슬!

'엄마가 아시면 기뻐하시겠지?'

아이들이 동의를 해주지 않아서 속상했지만 서기가 되어서 기뻤다.

'앞으로 더 열심히 해야지!'

엄마가 수민이에게

수민이가 반장이 되지 못해서 서운했나 보구나. 하지만 서기는 되었잖아, 그렇지? 수민이를 위로하려고 억지로 하는 말이 아니라, 서기도 열심히 하면 반장 역할 못지않은 보람이 있단다. 반장, 부반장만 반을 이끌어 가는 게 아니란다. 각자의 역할을 찾아 노력해야 반 친구들이 화목하게 지내는 거야. 수민이도 자신의 몫을 찾아 열심히 해서 보람을 찾길 바란다.

21

1997년 3월 20일 목요일

욕심쟁이 황 부자

마을에 볼거리가 생겼어요. 욕심쟁이 황 부자와 돌쇠 아버지가 싸움을 했지 뭐예요. 지난번 홍수 났을 때 논이 다 망쳐진 황 부자는 안 망가진 돌쇠네의 논을 빼앗으려 했지요. 마을 사람들은 어떻게 하면 저 싸움을 말릴까 하고 고민한 끝에 옛부터 전해 오는 마을의 규칙대로 시합을 하기로 했어요.

바로 새벽닭이 울면 말을 타고 매봉산 정상까지 올라가서 마을로 먼저 내려오는 사람이 논을 모두 갖는 것이었어요. 황 부자는 그 소리를 듣고 제일 먼저 집에 달려가서 좋고 훌륭한 말을 골라서 맛있는 것을 잔뜩 먹었어요. 그러나 돌쇠네는 가난해서 아무것도 말에게 주지 못

22

했어요.

다음날 아침 새벽닭이 울었어요. 두 사람은 말을 타고 매봉산을 달렸어요. 그런데 황 부자가 지고 돌쇠네가 이겼어요. 왜냐구요? 황 부자네 말이 먹은 것은 아주 맛있는 것이었지만 그렇게 맛이 있는 것을 처음 먹어 본 말이 그만 조금도 못 가서 배탈이 나고 말았기 때문이에요.

"돌쇠 만세! 돌쇠 만세!"

이 글을 읽고 나는 지나친 욕심을 부리면 벌을 받는다는 것을 깨달았답니다.

엄마가 수민이에게

참 재미있는 이야기구나. 돌쇠네가 이겨서 정말 다행이야. 돌쇠네한테 져서 울상이 되었을 황 부자의 얼굴이 눈에 선하구나.

그런데 만약 황 부자의 말이 배탈이 나지 않았다면 어떻게 되었을까? 아무것도 못 먹어서 기운 없는 돌쇠네 말이 졌을까? 그럼 돌쇠네는 또 어떻게 되었을까?

한번 상상해 보렴. 아주 재미있는 또 다른 이야기가 나올 것 같구나.

1997년 3월 30일 일요일

　몽당 연필로 글을 썼다. 글을 너무 많이 썼는지 연필이 벌써 엄지손가락만해져서 그것을 버렸다. 마지막 남은 두 번째 연필을 쓰려 할 때 연필이 부러져서 깎았다. 깎으니까 아까 버린 연필보다는 조금 컸다. 그래서 쓰레기통에 버렸던 그 연필을 찾아 고무줄로 십자가를 만들었다. 그리고 집에다가 걸어 두었다.

　"엄마, 저기 좀 보실래요?"

　나는 십자가를 만들어서 걸어 둔 곳을 가리키며 말했다. 엄마는 연필을 알뜰히 잘 썼다고 새 연필을 주며 칭찬하셨다. 칭찬을 받아서 기분이 좋았다.

　'이렇게 쓸모 없는 연필 하나도 필요한 물건이 되다니, 이제부터는 몽당 연필이나 조그마한 지우개 조각 하나 하나라도 아껴 쓸 줄 알아야지.'

엄마가 수민이에게

우와!
일기를 읽으면서 왜 엄마의 어깨가 쫙 펴지는지 모르겠네.

친구들과 개구리를 잡으러 갔다.

장소는 망마산. 개구리가 여러 마리 뛰어다녔다. 드디어 개구리를 잡을 기회가 생겼다. 청개구리가 멈춰 있는 것이었다. 그런데 내가 실수로 그만 청개구리를 놓치고 말았다.

무당 개구리가 나타났다. 무당 개구리는 잡을 수 있었다.

"우와, 다행이다! 잡았다, 잡았어!"

우리들은 소리쳤다. 이번엔 내가 잡을 차례! 나는 비닐 봉지로 개구리를 잡았다. 그런데 잘못해서 놓치고 말았다. 개구리를 한 마리밖에 잡지 못해서 개구리 알을 구하였다. 속상했지만 알까지 볼 수 있어서 정말 신기했고 기뻤다.

25

1997년 5월 26일 월요일

　'국산품 애용'에 대한 글을 썼다. 오늘이 상장 전달식이다.
　오늘의 주인공은 누구일까? 하고 생각하였다.
　잘 들어 보니 수현이었다. 나는 너무 섭섭하였다. 그때 엄마의 말씀이 생각났다.
　'상을 꼭 받는 것보다도 열심히 노력하는 자세가 더 중요하단다. 아무리 상을 많이 받아도 그만큼 정성과 노력이 들어가 있지 않다면 아무런 의미도 없을 테니까. 알았니?'
　나는 수현이가 상 탄 것을 다시 기쁘게 여겼다. 하지만 조금은 섭섭했다.

엄마가 수민이에게

　엄마의 말을 잘 새겨듣고 있었다니 기특하구나. 상을 받지 못하면 서운하겠지. 누구나 다 마찬가지란다. 엄마도 수민이 마음을 이해하고말고. 노력할수록 상을 타고 싶어하는 마음도 커진단다.
　아마도 수민이가 노력을 많이 해서 더욱 서운한가 보구나. 하지만 그런 마음을 갖고 있으면 더욱 열심히 하게 된단다. 엄마는 그게 제일 중요하다고 생각해. 수민이 파이팅!

26

1997년 6월 23일 일요일

나의 장래 희망은 무엇일까?

예수님께서 정해 주셨다는데…….

'피아니스트?' '바이올린 연주가?' '악기 선생님?' '선생님?' '의사?' '박사?'

궁금하다. 난 무엇이 될까? 난 가르치는 것과 뭘 찾아내는 일, 그리고 아이들을 마구마구 잡을 수 있는 달리기를 잘 하는 것 같다. 요즘 거기에 관심을 많이 가지고 있어서 공부가 잘 되지 않는다.

나의 꿈은 여경찰이다. 죽거나 다친 사람들을 보는 게 싫긴 하지만 나라를 위해 일하고 싶다. 난 판사나 대통령도 되고 싶지만 그 능력을 기르지 못해서 안 된다.

할머니는 늘 경찰이나 판사, 대통령이 될 수 있다고 나에게 큰 자신감을 주신다. 나의 꿈과 소망이 이루어지기를…….

엄마가 수민이에게

어떤 일을 하든 자신감이 제일 첫번째란다.

자신감 × 1000 = ?? (상상할 수도 없을 정도인걸?)

27

  2학년 5반은 우리 바로 옆반이다.

  그런데 청소 시간에 보니 누가 잘못해서 그랬는지 화분 한 개가 엎어져 있었다. 김준영이라는 아이 것이었다.

  우린 준영이라는 아이가 실망하지 않도록 차곡차곡 주워 담고 원래대로 판판히 해놓고 밑은 닦아 주었다.

  그리고 우리 반 화분과 2학년 5반, 4반, 3반 화분이 시들지 않고, 꽃이 잘 피도록 분무기에서 뿜어 나오는 물을 적당히 주었다.

  우리 언니들이 어린 학년들의 어려운 것을 도와주고, 청소해 준 경험은 이번이 처음이었다. 앞으로 후배들에게 더 잘 해주어야겠다.

1997년 9월 3일 수요일

학교에서 반장 선거를 했다.
반장으로 추천된 나는 열심히 노력해 보았다.
그러나 반장에서 떨어졌다. 다른 임원 선출에서도 마찬가지……. 회장, 부회장, 부반장에서도 떨어졌다.
그러나 난 실망하지 않고 오히려 뽑힌 아이들에게 격려의 박수를 쳐 주었다.
하지만 선생님이 나를 생활 부장으로 임명해 주셨고, 백지도도 주셨다. 앞으로도 우리 학급을 위해 열심히 봉사해야 겠다.

엄마가 수민이에게

수민이가 많이 의젓해졌구나.
엄마도 마음속으로는 우리 수민이가 반장에 선출되길 바라고 있었단다. 하지만 사람은 결과에 만족할 줄 알아야 한다. 최선의 노력을 다 했으면 그만인 게지.
엄마는 늘 열심히 노력하는 수민이가 자랑스럽단다.

29

1997년 9월 11일 목요일

북한의 친구들에게

안녕? 나는 가끔 북한 생각을 하며 언젠가 꼭 통일이 되었으면 하고 생각하는 남한 남부 지방에 살고 있는 진 수민(수산나)이라고 해.

텔레비전에서 압록강을 사이에 두고 남북의 이산가족이 만나는 모습을 보고 나서 너희 북한에 대해 많은 관심을 갖게 되었어. 통일이 되면 그 압록강을 나도 꼭 가 보고 싶어.

너희들도 하루 빨리 통일이 되었으면 하는 꿈을 가지고 있겠지? 우리가 서로 사랑하고 이해하면 통일이 될지 모르겠어.

나는 너희들을 만나고 싶어. 그럼, 통일이 될 때까지 안녕!

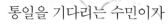

통일을 기다리는 수민이가

30

"백군 이겨라! 백군 이겨라!"
"청군 이겨라! 청군 이겨라!"
쉴새없이 부르고 응원하는 아이들 속에서 우린 단체 경기를 했다.

달리기는 2등을 했지만 무용도 하고 응원과 단체 경기 점수에서 백군이 이겨서 좋았다.

우리가 날린 풍선들은 하늘 높이높이 날아 가서 보이지 않았다. 열심히 뛰고 나서 먹는 점심은 정말 맛이 있었다.

5, 6학년 큰언니들이 하는 부채춤은 너무 화려했다. 백군이 이겨서 좋았고, 나도 5학년 때 부채춤을 해보고 싶어졌다.

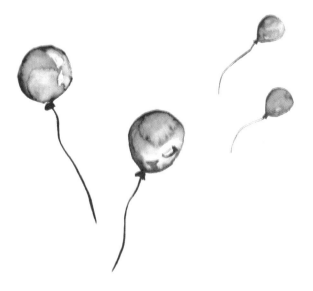

31

1997년 10월 9일 목요일

　오늘이 한글날이어서 음악 시간에 〈한글〉이라는 노래를 배웠다. 가사는 재미있고 즐거웠다.

　　가사: "한글한글은 우리 나라를……."

　모두 선생님의 피아노 반주에 맞춰서 노래를 불렀다. 정말 우리의 정성과 나라 사랑하는 마음이 담긴 듯 노래의 고운 소리는 3반 4반 교실로도 퍼져 나간 것 같았다.
　우리의 노래에서 나는 한 가지를 배웠다. 그리고 느꼈다.
　'이렇게 작고 고운 소리라도 정성이 담기면, 하늘로 땅 속으로 은은히 퍼져 나가는구나!'

엄마가 수민이에게

　수민이처럼 엄마의 귓가에도 맑고 조용한 음악 소리가 들리는 듯하구나. 그 음악 소리에 함께 실린 네 고운 마음도 함께 들리는구나.

1997년 12월 31일 수요일

한 해를 마치는 날. 생각해 보니 많은 일들이 있어서 한 해가 길게 느껴진 것 같다. 전입해 온 것이 후회스럽게 느껴지기도 했고, 잘됐다고 느껴지기도 했던 날들도 많았다.

한 해의 마지막이지만 정리가 잘 안 된다.

'중요, 반성을 생각하고 실천한다!' 하고 마음으로 큰 소리쳤지만 그것이 그렇게 된 것은 아니었다.

내일이 즐거운 하루가 되길…….

엄마가 수민이에게

한 해의 마지막 날인데 아쉽구나. 욕심내지 말고 후회됐던 일, 그래도 만족했던 일이 무엇이었는지 하나씩 생각해 보면 새해에는 더 즐겁게 보낼 수 있지 않을까?

33

★ 수민이의 4학년 때 일기

2부 물오리 까치네
다리 까치네

눈

눈아 눈아 내려라
하얀 솜의 요정.

하얀 솜의 요정들
너를 뿌려 준단다.

너의 몸을 갖고서
눈사람도 만들고

36

요정과 함께
눈싸움도 한단다.

요정은 누굴까?
우리 가족이지.

너를 가지고 노는
나와 동생이지.

1998년 2월 21일 토요일

저녁에 엄마가 김치를 담그셨다.
"엄마, 저 좀 주세요!"
"조금만 기다려. 배추 버무리면 줄게."
"네."
그 동안에 엄마는 배추를 양념과 버무리셨다.
"자, 할머니부터 드시고."
"네."
아작아작 씹히는 맛이 되살아나서 기분이 좋았다.
"음~, 아작."
"맛있니?"
"응, 엄마."
맛있고 맛있는 김치!

1998년 2월 26일 목요일

　과학반에서 실험을 하려고 학교에 갔다.
　에디슨 교제에서 하지 못한 그림 물감 만들기를 했다.
먼저 활성백토에 물을 넣고 만져 보았다. 미끌미끌했다.
다음은 텍스트린과 아라비안 고무에 물을 붓고 저어서
만졌더니 끈적끈적하고 말랑말랑했다.
　텍스트린 15g과 아라비안 고무 10g, 활성백토 15g을
넣고 뜨거운 물을 넣고 섞어서 고착제를 만든 후에 색소
를 넣으니까 고운 물감이 되었다. 신기했다.

　텍스트린과 아라비안 고무는 종이에 붙는다.
　활성백토는 부드럽다.

　이런 특성을 살려 만든 그림 물감이 고와서 살 필요 없
이 예쁜 물감으로 그림 그릴 수 있어서 좋았고, 그런 물
감을 만든 내가 자랑스러웠다.

활성백토　　　텍스트린　　　아라비안고무　　　물감
15g　　　　　15g　　　　　10g

　우리 반은 4학년 4반. 친구들, 선생님은 같지만 교과서, 교실은 모두 새 것들.
　기분 좋은 아침!
　바로 새 학기가 시작한 것이다.
　이젠 나도 3학년이 아닌 4학년이다.
　저번 날에 '이번엔 더 잘 하는 어린이가 되어야지' 하고 다짐한 것도 잊지 않았다.
　모든 반들은 '준비, 준비.' 아마도 우리가 작았다면 큰 거인 눈에는 개미가 일하는 것처럼 보였을 것이다.
　나는 15번, 짝은 지훈이. 지훈이의 성격은 내가 보기에

40

는 둔하고 조금 느린 아이 같다. 몸집이 커서 누가 뭐래도 '지훈이 성격' 하면 모두 '둔하다' 그럴 것도 같지만 실제로는 그렇지 않은 것 같다. 아무튼 내 짝이 착해서 다행이다.

선생님이 숙제로 자기 소개를 내주셨는데 '희망하는 일을 말할 땐 어쩌지?' 하고 걱정이었다. 누가 뭐래도 이것을 들으면 웃을지도 모른다.

내 꿈은 여경찰. 남자 아이들이 웃을 것 같다. 그래도 난 나가서 말할 것이다. "내 꿈, 여경찰!" 하고 말이다. 아무튼 새 학기 잘 보내야지.

수민이 파이팅!

엄마가 수민이에게

여경찰 진수민! 듣기만 해도 근사한걸. 열심히 노력해서 꼭 꿈을 이루길 바란다. 정의롭고 씩씩한 여경찰 진수민이 되길 엄마도 기도해 주마.

1998년 3월 9일 일요일

　엄마는 용돈을 잘 주시지 않는다.

　그런데 오늘 실과 선생님이 정식으로 용돈 받지 않는 사람은 기입장 숙제 있다고 엄마께 말씀드리고 용돈을 받으라고 하셨다.

　집에 와서 엄마께 말씀드리니까 주급으로 천 원씩 주겠다면서, 용돈 천 원을 주셨다.

　처음으로 받는 용돈이었다. 잘 활용해야겠다.

　실과 선생님 덕에 나까지 용돈 받게 되었다. 공부라서 당연한 일이었지만 너무 좋았다.

　비록 물건값에 비해 작은 천 원이지만 남은 돈을 잘 모아서 큰 돈을 만들어야겠다.

1998년 4월 27일 월요일

 치과에 가서 어금니를 뽑았다.
"진수민, 들어오세요."
간호원 언니가 들어오라고 해서 들어갔는데 의사 선생님이 오늘 뽑지 않으면 고름이 더 생길 뻔했다고 하면서 아프지 않게 빼준다고 하셨다.
하지만 고름을 제거하고 이를 뽑는 것은 아주 아팠다.
"아아~."
지선이라고 나와 동갑인 아이는 이빨 한 개를 떼운다고 울고불고 난리를 쳤다.
아프지 않게 해주셨는데도 말이다.
고름을 제거할 때가 제일 아팠다.
이제부터는 영구치를 잘 닦아서 썩지 않게 해야겠다.
그리고 아프지 않게 해주신 의사 선생님과 간호원 언니가 고마웠다.

엄마가 수민이에게

엄마는 수민이가 '아파요, 치과 가기 싫어요'라고 말할 줄 알았단다. 웬걸, 엄마가 수민이를 너무 어리게만 보았구나. 수민이는 엄마가 생각하는 것보다도 훨씬 쑥쑥 자라고 있구나.

43

1998년 5월 3일 일요일

아침 일찍 일어나 김포공항으로 갔다.

아시아나 항공으로 제주도까지 갔다.

비행기가 제주도로 가는 동안에 언니들이 주스를 줘서 마셨다. 참 맛이 있었다. 레고도 주셨는데 아주 재미있었다. 도착할 무렵 귀가 멍멍해졌다. 압력으로 고막이 부풀은 것이다.

빌린 차를 타고 용두암에 가서 구경도 하고, 목석원에도 갔다. 목석원에는 갑돌이와 석순이, 갑순이 이야기가 있었는데 참 재미있는 이야기였다.

식물원에서 바나나 나무를 보았는데 바나나가 열려 있고 코코넛 나무에는 코코넛이 열려 있었다.

기념으로 돌하루방 목걸이도 하고, 참 즐거웠다.

'내일은 무엇을 구경할까?'

1998년 5월 4일 월요일

 아침에 일찍 일어나 우리 가족은 천지연 폭포에 갔다. 천지연 폭포는 정말 멋있었다. 가까이 가니까 물이 튀었다.

정방 폭포는 바닷가에 있어서 모든 강물이 흘러 바다로 간다. 색돌을 주워 말렸다.

다음 도착지는 제주 민속촌이다. 갖가지의 옛 집이 있었다.

산굼부리로 가면서 민들레 꽃밭, 승마장, 목장을 보았고, 산굼부리에서는 분화구를 보았다.

비자림에서 비자 열매를 먹었고, 만장굴에서는 물방울을 맞으면서 천 미터 지점까지 다녀왔다. 8킬로미터인데 2차 용암 때문에 천 미터 이상은 뜨거워서 갈 수가 없었다. 성산 일출봉도 보았다.

만장굴에서 끝까지 가 보지 못해서 아쉬웠다.

엄마가 수민이에게

하루를 알차게 보냈구나. 수첩에 무언가를 열심히 적더니 일기에 여행 장소를 기록하기 위해서였구나. 오늘 보니, 수민이가 꼭 기자 같았단다. 주변 사람들에게 물어 보고 꼼꼼히 살펴보고……

1998년 5월 8일 금요일

오늘은 어버이날이다.

아무튼 엄마 아빠께 효도하자라는 생각을 가지고 학교에서도 집에서도 열심히 행동했다.

저녁엔 엄마 아빠께 드리는 감사 편지를 써서 아무도 모르게 식탁 위에 올려놓았다.

언제나 길러 주시고, 이 날까지 보살펴 주신 엄마 감사합니다.

저희가 잘 살 수 있도록 이 날까지 힘들게 추위와 더위에도 고생하신 아버지 감사합니다.

언제나 괴로움 잊으시고 태어나서부터 이 날까지 키워 주신 어버이 감사합니다.

엄마가 수민이에게

편지를 보이는 게 쑥스러워 오늘은 일찍 잠자리에 들었구나. 호호. 편지 잘 읽었다. 빨리 아빠에게도 보여 드려야지.

46

유관순은 독립 운동을 해서 목숨을 잃은 사람이다.
유관순은 어렸을 때 잔다르크라는 어느 한 소녀 희생
자의 위인전기를 읽고부터 이런 생각을 가지게 되었다.
'언젠간 나도 잔다르크처럼 나라를 위해 내 몸을 바칠
것이다.'
이때부터 굳은 마음을 가진 유관순은 어느 날 남의 아
이가 비석치기를 하다가 유관순의 동생을 맞추어 그 아
이가 혼나는 것을 보고 아버지를 말렸다. 동생이 잘못한
것을 왜 남의 아이에게 화를 내느냐고 말이다. 이처럼
유관순은 남도 사랑했다. 나도 유관순을 본받아야 되겠

47

다. 남을 사랑할 것이다.

　이화학당에 들어가고 난 유관순은 나라가 어려워지자 독립 운동에 참여하고 또한 휴교령이 없어질 때까지 고향으로 가서 주동자가 되어 3·1운동을 하였다. 이를 통해 유관순의 애국심을 알 수 있었다. 다른 때에는 휙 읽고 지나갔는데 4학년이 되니 그 뜻도 이해할 수 있었다.

　유관순은 참으로 의지가 굳었다.

　비록 짧은 생애인 유관순, 그렇지만 우리 나라에 제2의 잔다르크가 있다는 것이 자랑스럽다.

　나도 우리 나라를 사랑하고, 나라를 위해서는 작고 옳은 일부터 실천하려고 노력해야겠다.

엄마가 수민이에게

　수민이가 유관순에 대해 패나 꼼꼼히 공부했구나. 유관순은 자랑스런 한국 여성들 중 한 분이란다.

　그 분 말고도 우리 역사 속에는 훌륭한 삶을 살다 간 여성들이 많이 있지. 물론 세계 역사 속에서도 여성들은 많은 훌륭한 일을 했단다.

　과연 어떤 분들이 어떤 훌륭한 일을 했을까? 한번 찾아서 공부해 보지 않을래? 엄마는 수민이가 그들처럼 당당하고 자랑스런 여성으로 자라날 것으로 믿고 있단다.

은별이네 기아 자전거로 자전거 연습을 했다. 처음에
는 넘어졌지만 많이 연습하니까 됐다. 그런데 한 가지
단점이 시작은 잘 하는데 가다가 넘어지는 것이다.

예지와 지혜를 만났다. 예지와 지혜는 자전거를 잘 타
서 커브길 장애물(우리 연습 코스)을 다섯 바퀴도 넘게 돌
았다. 그런데 난 네 바퀴, 세 바퀴 정도밖에 돌지 못했
다. 은별이는 겁내지 말고 자전거를 타라고 했다. 이번
에는 반 바퀴 돌다가 꽈당 넘어지고 말았다. 그래서 반
바퀴는 질질 끌고 갔다.

예지와 은별이가 자전거를 태워 주었다.

예지는 나를 태우다가 벌레가 입에 들어가서 푸~ 뱉
다가 자전거가 넘어져서 다쳤다. 하지만 은별이는 잘 태
웠다.

재미있었다. 그리고 내일이 기대되었다.

49

1998년 6월 25일 목요일

오늘 저녁 엄마께 한자 경시대회 결과를 말씀드렸다.

80점이었다. 열 문제를 틀린 것이다.

50문제 중 열 문제 틀린 것이면 피아노 선생님께선 잘한 것이라고 하셨다.

그런데 엄마는 격려를 해주거나 위로를 해주시지도 않고,

"너 왜 공부 안 해? 그러니 결과가 이 모양이지. 오늘부터 네가 네 용돈으로 문제집 사서 공부해."

라고 하셨다.

어른들은 왜 공부공부 그러는지 모르겠다.

꼭 만점을 받지 못해도 뭔가 이해하고 제대로 알고 한번 익힌 그 지식을 잃어버리지만 않으면 되는 거 아닌가. 내가 열 문제 모르는 것만 더 공부하면 되는데 왜 전부를 모르는 것처럼 야단이지?

정말 궁금했다. 이 궁금증 때문에 공부가 싫어졌다.

엄마가 수민이에게

저런! 수민이가 엄마 때문에 많이 속상한 모양이구나.

엄마가 함부로 말을 해서 미안하다. 사과하마. 하지만 수민이가 좀더 잘 하길 바라는 엄마의 마음만큼은 이해해 주길 바래. 물론 엄마가 너무 지나치긴 했지만……

앞으로는 절대 그러지 않으마. 약속!

50

1998년 6월 28일 일요일

　황희는 조선 시대의 신하로서 훌륭한 인물로 뽑힌 사람 중 하나이다.

　어렸을 때 황희 정승에게 있었던 일이다. 길을 가고 있는데 어느 양반이 웃고 있었다. 그러나 황희는 "안녕하세요?" 하고 공손히 인사하였다.

　황희는 그토록 인사성이 발랐다. 그리고 15세 때인가 있었던 벼슬자리 사건에서 어린 나이인데도 불구하고 황희는 벼슬자리에서 물러섰다. 황희는 올바르고, 검소한 생활을 했을 뿐만 아니라 양보심도 강했다.

　하지만 정승이라고 불릴 만큼 위대하고 훌륭한 조선의 신하 황희가 귀양간 일도 있었다. 그건 세자의 사건으로 생겨난 일이었다. 신하들이 꾀었기 때문에 왕은 어쩔 수 없었다.

　그러나 황희는 왕을 원망하지 않고 꿋꿋한 마음으로 잘 섬겼다. 세종이 죽자 황희가 제일 목놓아 울었고 그런 황희는 아직까지도 훌륭한 인물로 손꼽힌다.

　내가 비록 큰 인물이 되지는 못하더라도 황희를 닮아서 IMF시대를 벗어나야겠다.

1998년 6월 30일 화요일

 학교에서 집에 가려고 나와 보니 비가 주룩주룩 왔다.

"어, 비가 오네. 어쩌지?"

수진이와 공중 전화에서 전화를 걸고, 전화 박스 안에서 엄마를 기다렸다. 30분 후쯤 됐을 때 엄마가 우산을 가지고 오셨다.

우산을 쓰고 가다가 나와 엄마는 학원 앞에서 헤어졌다. 학원에서 나와 보니 비는 그칠 생각도 하지 않고 계속 왔다.

학교에서 올 땐 그래도 많이 오진 않았는데 비가 더 많이 왔다.

'으앙, 비가 그칠 수 없나?'

비가 와서 진짜로 생활이 불편했다. 그런데 식물들은 좋은가 보다.

비가 오는데도 해 뜬 줄 알고 방긋 웃으니까 말이다.

엄마가 수민이에게

수민이는 물 마시려고 냉장고 문을 하루에도 몇 번씩 열지? 식물들한테는 비가 바로 물이란다. 비가 오지 않으면 꽃도 피우지 못한 채 시름시름 앓게 되잖니?

52

1998년 7월 2일 목요일

오늘 4학년들은 목동 열병합 발전소로 견학을 갔다.

그곳은 학교에서 멀리 떨어져 있었다. 가면서 물웅덩이가 많이 있어서 양말과 신발이 젖었다. 그러나 나는 상심하지 않고 발전소를 기대하며 들뜬 마음으로 갔다. 그곳에서는 영화를 상영하고 전시도 해놓은 것을 보았다.

영화를 볼 때는 탤런트도 출연하고 이곳에 대해서 설명이 잘 되어 있어서 참 재미있었다.

전시실에서는 열병합 발전소의 구조와 양천구 지역지도를 보았다.

다음은 목동 자원회수처리장에 갔다. 쓰레기 냄새가 심하게 풍겼다. 그 쓰레기 냄새 속에서 아저씨들께서 일을 하시다니…… 아저씨들은 아마도 무척 힘드시고 고통스러우실 것이다. 설명을 들으며 많은 것을 배운 우리는 소각 구조의 껍데기도 보고 교실로 돌아왔다.

유익하고 즐거운 내용을 알차게 알 수 있어서 좋았다.

　오늘 도덕 시간이었다. 공부할 내용의 제목은 '내가 사랑하는 대한민국'이었다.

　선생님께선,

　"너희가 진짜 우리 나라를 사랑할까? IMF시대라고 이민 가려는 마음은 아니니?"

하고 물으셨다.

　사실 나는 그 말에 뉴질랜드가 더 경제적이고, 환경도 아름답다고 이민 가자고 졸라댔던 것이 부끄러웠다.

　우리 나라도 더 발전해 가면 강대국을 물리치고 강대국에 오를 수 있고, 자연 환경도 더 좋아질 수 있는데…….

　이제껏 우리 나라를 떠나려고 했던 것이 부끄러웠다.

　이제 더더욱 우리 나라에 관심을 갖고 노력해서 나라를 발전시켜 나가야겠다.

1998년 7월 6일 월요일

   동생이 침대에서 꽤 재미있어 보이는 동화책을 읽고 있었다. 제목을 보니 『호두까기 인형』이었다. 나도 읽어 보니 참 재미있었다.

   크리스마스 때 선물 받은 인형이 마리의 꿈속에서 왕자로 변하고 금발 인형이 공주가 되었는데, 아무래도 고장난 호두까기 인형을 되살리려는 마리의 마음에서 그 꿈이 우러나온 것 같다.

   나한테 실제로 그런 일이 벌어진다면 난 어떻게 해야 할까?

   이 책을 읽고 난 정말 많은 궁금증을 갖게 되었다.

   이 책에 나오는 그 일을 경험해 보고 싶고 마리처럼 그런 꿈을 꾸고 싶었다.

   앞으로 아무리 하찮은 무생물이라도 함부로 여기지 말아야겠다.

   마리의 오빠는 어떤 꿈을 꾸었을까?

엄마가 수민이에게

   수민이는 지금 무슨 꿈을 꾸고 있을까? 소원대로 마리 같은 꿈을 꾸는지…….

   잘 자라. 우리 큰딸 수민아.

55

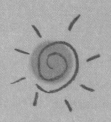

쨍쨍, 쐬쐬

햇빛이 쨍쨍
오늘 롤러 탄다
했더니

쏴아쏴아
비가 오고

내 마음속에 있던
화난 일
싹 지우려고 했는데

쏴아쏴아
비 때문에
화가 더 난다

즐겁던 마음
정말 흩어지고
휴~
남아 있는 건
하나도 없다

1998년 9월 6일 일요일

오늘 북한에 대한 텔레비전 방송을 조금 보았다. 북한의 강원도가 나왔는데 그 강원도는 축제 분위기라고 한다.

어린이들은 가장행렬 준비와 연습으로 가슴이 벅차 있고, 어느 곳에서는 어른들이 춤을 추고 있었다.

어느 해수욕장을 보니 물결은 잠잠하고 깨끗했고, 모래사장의 모래는 보드랍고 고왔다.

'나도 저런 환경에서 살고 싶다!'

그때 내 머릿속에 떠오르는 다른 생각이 있었다.

'우리가 통일이 되면 남한 사람들 때문에 그런 자연 환경이 파괴되고 더럽혀지겠지.'

북한의 환경은 참 아름다웠다.

나도 우리 나라의 자연 환경을 아끼고 사랑해야겠다.

엄마가 수민이에게

상상만으로도 끔찍하구나. 자연이 파괴되고, 쓰레기를 함부로 버리는 행동은 더 이상 하지 말아야 할 텐데…….

1998년 10월 10일 토요일

"버스 아저씨, 예의를 지키세요."
"아줌마, 아저씨 새치기하지 말고 줄을 서세요."
"아줌마, 잔돈은 미리미리."
"아저씨, 밀지 마세요, 넘어져요."
오늘은 버스를 탔는데 불만이 한두 가지가 아니다.
아저씨가 얼마나 시끄럽고 위험하게 운전을 하시는지
사고가 날까 봐 마음이 조마조마했다.
"아이, 아줌마, 왜 100원만 내요?"
버스 기사 아저씨가 화를 내셨다..
'덜컹덜컹, 아야.'
기사 아저씨가 너무 위험하게 운전을 해서 나는 그만
중심을 잃고 넘어지고 말았다.

이런 작은 것부터 따져도 우리 사회에 고쳐야 할 점은 수십만 가지에 이른다.

아마 외국인이 보면 '이 나라는 뭔가 좀 잘못됐어'라고 할 뿐만 아니라 '외국인 대접도 형편없군' 하고 생각할 것이다. 그런데 이런 사회를 두고 대통령 아저씨는 어디 간 거지?

내가 여자 정치가가 되어서 우리 사회를 좋은 사회로 만들어야겠다. 하지만 내가 정치가가 되지 않아도 우리 사회가 좋아져야 할 텐데……

엄마가 수민이에게

큰일이구나. 어떻게 해야 우리 사회가 좋아질까? 아마도 수민이처럼 착한 어린이들이 남보다 먼저 앞장서서 올바르게 실천하면 되지 않을까?

포도송이

올망졸망
모여 있는
포도송이들

헤어지지
않으려고
꼭꼭 붙어 있다가

내가 손으로
톡 따내면
떨어져요

쪽— 빨고
껍질을 놔 두면

껍질이라도
만나려고
포도송이
자꾸 가까이 와요

사진

북한산 올라가
선생님과 함께
찍은 사진 보면
그때의 일이 떠올라요

반짝반짝
별이 빛나는 달밤에
친구들과 야영 가서
찍은 사진 보면
참 재미있어요

성당 캠프 가서
배 만들 때
찍은 사진 보면
그때 그 배가 타고 싶어져요

사진은 사진은
인생의 일기인가 봐요
두고두고 보면은
그때 일이 자꾸자꾸
생각이 나니까요

62

생일날 사탕, 초콜렛 많이 집는 것과
잔칫날에 가서 맛있는 것 혼자만 먹는 것과
좋은 것 모두 혼자 차지하는 것
모두 똑같지 않니?
그런 애들 모두가 욕심쟁이라고 놀림받는 것도 모두
똑같지 않니?
다른 사람이 욕심부리면
나도 욕심부리고 싶은 마음
모두 똑같잖니?
그렇게 그렇게 욕심은 끝이 없단다
아기 때 시작했던 그 욕심이 나중엔
도둑이 될지 인정 없는 부자가 될지 누가 아니?
그 욕심으로 돈을 모아 불쌍한 사람 도와주는
착한 사람 될지 누가 아니?
욕심은 적당히 부려야 훌륭한 사람이 된단다.
욕심을 너무 적게, 너무 많게도 부리지 말고 적당히 말
이다.

엄마가 수민이에게

그렇구나. 정말 그렇구나.
수민이의 생각이 이렇게 깊어지고 있구나.

63

1998년 12월 1일 화요일

 오늘 '말하기 듣기' 시간에 우린 체벌에 대한 토론을 하였다. 난 체벌이 있어야 한다고 생각한다. 체벌이 없으면 우리가 떠들어도 그 버릇을 고쳐 줄 좋은 방법이 없지 않은가.

내가 만약 선생님이라면…….

나도 벌써 많이 생각해 보았지만 내 꿈은 선생님이다.

내 생각에는 이것도 벌이지만 책에서 봤는데 떠드는 아이들에겐 맨입으로 아이들이 싫어하는 양파나 마늘을 한 단위씩 올라가면서 떠들 때마다 먹이는 거다.

그걸로도 안 되면 매!

내가 생각하기엔 그 방법이 가장 좋은 방법이라고 생각한다.

내가 선생님이라면 이런 방법을 쓸 것이다.

엄마가 수민이에게

호호, 재밌는 방법이구나.
좋아. 너희가 말을 안 들을 때마다 엄마도 그 방법을 써볼까? 수민이에게는 양파 한 조각, 수연이에게는 마늘 한 조각. 음, 용원이에게는?

64

1998년 12월 2일 수요일

난 요즘 어느 누구 말도 잘 못 믿는다. 동생이 자꾸 거짓말을 한 뒤부터였다.

난 동생이 한 말 전부를 믿지 않았고, 들어 주지도 않았다. 그런데 오늘 거짓말쟁이가 한 명 더 탄생한 기분이다.

3조 아이들이 자기네 연극 좀 출연해 달라고 하도 그래서 출연해 준다고 하고 우리 조 연습하고 나서 시간 좀 내서 나경이네 집에 갔는데 애들이 연습은 안 하고 놀고 있었다.

난 그 말이 거짓말 같아서 출연 안 해준다고 하고서 그냥 돌아왔다.

요즘 왜 이렇게 사람들이 거짓말을 많이 할까? 주위 사람들이 모두 거짓말쟁이로 느껴진다.

엄마가 수민이에게

거짓말을 하고 싶어서 거짓말쟁이가 되는 게 아니란다. 지키지 못할 약속이나 계획을 세워 놓으면 거짓말쟁이가 되기 쉽단다. 그리고 한 번 말한 약속은 꼭 지키기 위해 노력하는 자세가 필요하지. 수민이 친구들은 아마도 그런 노력이 많이 부족했었던가 보다.

1998년 12월 6일 일요일

　엄마와 단둘이서만 목욕을 하러 갔다. 가서 보니 자리가 없어서 탕 옆에서 했다.
　탕 안은 뜨거웠다. 엄마는 아무 탈 없이 그 물을 끼얹으시는데 나는 왜 이렇게 뜨거운지 모르겠다.
　어떤 아주머니께서 내가 다 하고 나가려고 그럴 때 옆에서 찬물을 갑자기 끼얹으셔 가지고 참 추웠다. 난 그렇게 행동하지 말아야겠다고 다짐했다.
　목욕을 하고 나니 참 기분이 좋았다. 졸리기도 해서 엄마께 말씀드리니 목욕을 해서 그렇다고 하셨다.
　목욕을 하니까 내 마음까지 깨끗해지는 것 같았다.

1998년 12월 7일 월요일

"여보세요? 어머님이 다치셨다고요? 어쩌나! 영웅 엄마도? 허리를 못 쓴대? 알겠어, 어디? 곤지암 병원? 빨리 갈게."

아침부터 우리 집은 난리였다.

할아버지 제사여서 친척들이 우리 집에 오다가 중부 고속도로 곤지암에서 사고를 당했다는 것이다. 사고난 차를 피하려다가 사고가 났는데 그다지 큰 사고는 아니라고 했다. 하지만 다른 사람은 무사한데 할머니랑 작은엄마께서 허리를 못 쓰시게 되었다고 한다. 할머니는 아직 병원으로 실려 오지 않았고 작은엄마께서 위급하셔서 먼저 실려 왔다고 한다.

점심때였다. 할머니께서 위독하시다고 전화가 왔다. 그 다음에도 몇 통의 전화가 더 왔다. 당숙 할머니네 전화번호를 가르쳐 달라던가 주민등록 등본을 가져오라는 등의 전화였다. 이모한테 물어 보니 할머니께서 돌아가셨다고 한다.

결국 할아버지, 할머니의 제삿날이 같게 된 것이다. 할아버지가 할머니를 데려가셨나 보다. 할머니가 계시지 않은 집, 참 쓸쓸했다.

'사고만 안 났다면 즐겁게 놀았을 텐데……'

할머니가 보고 싶다. 아직도 할머니 냄새가 나는, 할머니께서 손수 만드신 머리끈, 베개, 쿠션 등을 들춰 본다. 어딘가에 할머니가 계실 것 같다.

67

'예수님, 할머니를 지켜 주세요.'

다음주엔 성당에 가서 기도드릴 것이다. 할머니가 하늘 나라에 잘 가게 해달라고, 할머니를 위해서.

할머니 칠순 때도 얼굴도 잘 보지 못했고 같이 놀지도 못했고 사고 직전, 돌아가시기 전에도 보지도 못했다. 할머니가 보고 싶다. 어딘가에 할머니가 있을 것 같다. 엄마는 내가 무슨 사고라도 당할까 봐 학교 다녀 오는 것 외에는 무조건 외출 금지령을 내리셨다. 외롭다. 쓸쓸하다.

마지막으로 할머니께서 재미있어 하시던, 내가 자주 치던 곡도 쳐본다. 할머니랑 친척들이 오면 자랑하고 싶었던 나의 바이올린 연주도 해본다.

찰칵 문소리만 나도 할머니가 오실 것 같다. 울어 보고 성질을 내 봐도 소용없는 일. 참 슬프다. 할머니도 엄마도 아빠도 없는 쓸쓸한 집.

사람은 죽으면 어쩔 수 없나 보다. 모두 살다가 죽으니까. 이젠 내가 보던 할머니 사진도 없다. 할머니가 다시 살아났으면 좋겠다.

　오늘『물오리 까치네 둥지가 반짝이던 날』이라는 책을 읽었다. 까치 두 쌍이 있었는데 한 쌍은 물오리나무에 둥지를 틀고 한 쌍은 다리 밑에서 둥지를 틀었다.

　새끼들을 모두 낳고서 보니 물오리 까치네는 소리를 잘 내는데 다리 까치네는 소리를 듣지 못하고 말도 못했다고 한다.

　어느 날 태풍이 왔다. 물오리 까치네 부부는 위험하다고 다리 까치네 새끼들을 모두 옮겨 주었지만, 다리 까치네 부부는 옮긴 지 얼마 안 된 그곳이 더 편하다고 투정을 하다가 결국 다리가 무너져서 죽었다는 이야기다.

　편한 것이 좋기는 하지만 무엇보다도 안전이 최고라는 생각이 들었다.

　나도 이제 편한 것만 찾지 않고 안전에 신경써야겠다.

69

3부 주근깨투성이 말괄량이

1999년 1월 1일 금요일

 새해 오늘 새벽 0시 제야의 종이 울리고―.

'댕―댕.'

드디어 1999년(5학년) 새해가 시작되었다.

*새해 소망: 성적이 올랐으면 좋겠다.
*나의 다짐: 지금보다 더 열심히 공부하고, 착한 어린이, 인정 많은 어린이가 되어야겠다.

새해 소망은 역시 내 노력에 달려 있나 보다. 노력을 많이 하면 성적도 오를 수 있으니까 말이다.

나의 다짐을 지키고 새해에는 더 성숙해서 엄마, 아빠를 기쁘게 해드리고 실망시키지 않는 그런 수민이가 되어야겠다.

엄마가 수민이에게

새해 각오가 대단하구나. 물론 열심히 노력하면 무엇이든 다 이룰 수 있을 거야.

엄마도 새해 소망이 있단다. 새해에는 수민이한테 더 좋은 엄마, 마음이 잘 통하는 엄마가 되는 거야.

우리 열심히 해보자꾸나.

1999년 1월 10일 일요일

아빠가 휴가라서 암사동 선사 주거지에 가 보기로 했다. 가보니까 신석기 때의 움집이 있고, 전시관에는 움집 짓는 법, 토기 만드는 법, 신석기 때의 진짜 움집터, 각종 석기와 토기 등이 전시되어 있었다. 이곳은 기원전 오천 년 전의 신석기의 움집터라고 한다. 짚으로 만든 움집과 지금 시대의 아파트를 비교해 보니 움집은 너무나도 초라했다.

고생대, 중생대, 구석기, 신석기, 청동기 시대. 청동기 시대 때는 그만큼 물건과 집이 발달되어서 좀더 나은 생활을 할 수 있었겠지만 구석기, 신석기 때에는 어떻게 살았을까? 내가 그 시대에서 살았으면 어땠을까?

엄마가 수민이에게

아직도 문명 생활을 하지 않고 사는 사람들이 있단다. 신발을 신지도 않고, 옷도 입지 않고, 에어컨이나 난로도 없는 곳에서 살아가는 사람들도 있단다. 하지만 이런 사람들은 우리가 전혀 알지 못하는 자연의 신비와 혜택을 받지 않을까?

73

1999년 1월 31일 일요일

　할머니가 돌아가신 지 49일이 되는 날인 오늘, 49재를 지내러 산소에 갔다. 전보다 더 깔끔해지긴 했지만 갈대가 묘 위에 무성하게 자리잡고 있어서 보기가 싫었다. 할머니께서 쓰시던 물건을 태웠다.
　할머니 수첩은 어느 것보다 태우기가 싫었다. 내가 할머니께 주소 적어 드린 것도 있고, 할머니의 글씨가 새겨져 있기 때문이다.
　할머니, 할아버지께 절을 하고 음식을 먹었다. 49재를 지내는데 자꾸 돼지똥 냄새가 나서 좀 더러웠다.
　'할머니, 하늘나라에 가셔서는 할아버지와 행복하게 잘 사세요.'

엄마가 수민이에게

　할머니는 그 동안 수민이랑 함께 지내느라고 할아버지가 보고 싶어도 꾹 참으셨을 거야.
　아마도 지금 할머니는 할아버지 손을 꼭 잡고 서서 잠자고 있는 수민이를 보고 계실걸?

74

 사람의 마음은 두 가지로 나뉘어 있나 보다. 어떤 때에
는 까짓거 나쁜 짓쯤 하면 어때 하는 마음을 먹고, 어떤
때에는 착한 일을 해야 한다고 마음을 먹고. 사람은 마
음을 어떻게 먹느냐에 따라서 씀씀이가 달라지나 보다.
 착한 일을 해야겠다는 마음을 먹고 저 사람을 도와주
어야겠다라고 생각하지만 그것을 실천하지 못할 때가
많다. 그것은 곧 용기가 부족하다는 뜻이다. 내가 착한
일을 하면 나도 좋고, 다른 사람도 좋고.
 이제부터 마음을 먹으면 옳고 그른 것을 따져서 옳다
고 생각하면 용기를 내어 실천해야겠다.

75

1999년 2월 24일 수요일

　책을 읽는 것이 이렇게 즐거울 수가. 한참 동안 읽기 싫었던 한국문학책은 보면 볼수록 재미있었다.

　나는 선생님이 되려면 공부를 열심히 하고 책을 많이 읽어야 한다는 것을 깨달았다. 난 사실 제목을 보면 왠지 재미없을 것 같다는 느낌 때문에 매일 만화로 된 책만 읽었다. 그런데 엄마가 빌려 주신 책이 너무 재미있어서 도서실에서도 왠지 집에 가기가 싫었다. 특히 『떡볶이 동네 아이들』은 여러 가지 이야기로 된 참 재미있는 책이었다.

　이제 5학년도 되니 내 꿈을 키우기 위해 공부도 열심히 하고, 책도 많이 읽어야겠다. 책을 읽으면 마음이 즐거워지고 자신만의 감정과 지식을 가질 수 있어 좋다고 생각한다.

　앞으로 책을 많이 읽어서 내 꿈을 이루어야겠다.

엄마가 수민이에게

　수민이가 책을 좋아하게 되어서 엄마는 기쁘구나.
　네 말처럼 책 속에는 꿈도 있고, 지혜도 담겨 있고, 미래에 대한 희망이 담겨 있단다. 책을 읽는 사람만이 세상을 올바로 바라보고, 자신의 미래를 스스로 개척해 갈 수 있다는 뜻이지.
　수민이도 책을 많이 읽고 더욱 현명한 사람이 되어 자신의 삶을 아름답게 가꾸어 가길 바란다.

1999년 2월 25일 목요일

     내 동생 수연이는 마음씨는 착하지만 화를 내면 금방 작은 악마의 모습으로 변한다. 장난이 좀 심한가?

오늘은 도서실에서 쿵쾅쿵쾅 뛰고 장난치고 그것도 꼬마 아이도 아닌 3학년 올라가는 아이가, 피아노 학원에 막내 동생 용원이를 데리고 가니까 싸우고 지호를 놀려서 다치고, 천방지축이지만 내가 화를 낸다고 되는 일도 아니고…….

수연이가 작은 악마로 변하면 난 화를 내지 않을 수가 없다. 나도 수연이한테 화낼 때면 참 답답하다. 화를 내면 자꾸 딴말만 하니까. 하지만 밖에서 싸우다가 집에 오면 '언니一'하고 애교 떠는 귀여운 동생이 된다.

싸워도 30분 정도 기다리면 그냥 화해하게 된다. 수연이는 두 가지 인상을 가지고 있나 보다. 수연이와 싸우지 않고 사이 좋은 자매가 되려면 수연이가 잘못을 해도 타이르고 웃어 주는 길밖에 없을 것 같다.

엄마가 수민이에게

수연이가 작은 악마라고? 호호, 네 입장에서는 그럴 만도 하구나. 엄마도 진심을 고백하자면, 어느 땐 수연이가 앞이마에 뿔이 달린 악마로도 보이고 때론 날개 달린 천사로도 보인단다. 참 신기하지?

77

1999년 2월 28일 일요일

이제 얼마 있지 않으면 개학이다.
난 수연이와 수정이, 예찬이, 용기와 함께 보물 찾기를 했다.

공과 돌을 보물로 하고 숨겼다. 특히 수연이가 할 때가 최고 재미있었다. 공과 돌이 흔적도 없어서 잘 찾지 못했던 것이다. 돌은 간신히 찾았는데 공이 보이지 않았다. 알고 보니 다른 빌라의 골목에 숨겨 두었던 것이다. 난 좀 쉬운 곳에 숨겨서 잘 찾고, 수연이는 신중히 숨겨서 재미있고. 용기와 예찬이의 보물 찾기! 어이~ 동생이라고 얕잡아 보면 안 돼. 생각보다 용기의 보물 찾기는 어려웠다.

둘은 자동차 밑에 숨겼기 때문에 잘 보이지도 않았고, 둘이 그러리라고는 우리가 미처 생각하지 못했기 때문이다. 그 작은 머리로 그런 것을 생각해내다니…… . 정말 즐겁고 재미있는 보물 찾기였다.

엄마가 수민이에게

그럼, 어리다고 얕보면 큰일나지요.
엄마도 수민이를 얕보지 않잖니? 수민이와 대화도 하고, 이렇게 일기를 통해 네 생각을 읽으면 수민이가 대견하다고 여길 때도 많은걸.

78

1999년 3월 2일 화요일

　새 선생님을 만났다. 연세가 많으셨다.

　조회하고 들어오셔서 계속 말씀을 하시니까, 내 옆의 수진이가 지루하다며 짜증을 냈다. 나도 물론 지겨웠다.

　자상하셨지만 이제 야외 학습도 없고 쉬는 시간에 활발하게 떠들면서 지내는 것과는 달리 매일 고상하고 조용히 해야 한다면 5학년의 생활은 그야말로 지옥일 것이다.

　오늘은 선생님 말씀을 오래 들으니까 속도 거북하고, 현기증에 짜증이 나서 못 들을 것 같았다. 선생님도 너무 하시지, 계속 지루한 말씀만 하시다니……. 선생님과 언제쯤 친숙하게 되면 야외 학습을 한 번이라도 하면 안 되겠느냐고 물어 보아야겠다.

　난 일 년 동안 선생님, 친구들과 즐겁게 지내고 싶다. 오늘 달님에게 그런 소원을 빌어 보아야겠다. 5학년을 즐겁게 지낼 수 있도록…….

엄마가 수민이에게

　갑자기 궁금해지는데…….

　엄마와 새로운 담임 선생님 중 누가 더 잔소리가 많을까? 엄마보다 더 잔소리가 심하면 아마도 선생님께서 그만큼 너희들에게 관심이 많다는 증거일 텐데?

1999년 3월 10일 수요일

  오늘은 일기 쓰기가 참 싫었다. 왜냐하면 그 동안 밀렸던 일기를 다 옮겨 써야 했으니까.

  우리 선생님께서는 일기를 일 주일에 세 번만 쓰라고 하시는데 난 매일 쓰고 싶어서 매일 쓴다. 매일 쓰면 컸을 때 후회를 하지 않을 것 같다. 꼬박꼬박 써진 내 일기를 보고 어렸을 때의 하루하루를 기억한다면 참 즐거울 것 같다.

  요즘도 내 2학년 때의 일기를 보면 3월 14일날에 일기를 빠뜨린 것이 후회된다. 나는 일기를 하루 빼고 꾸준히 써 왔는데 지금 4, 5학년의 내용은 형편없는 것 같다. 갈수록 자만심이 생기니까 허술하게 쓴다. 하지만 이제는 부족한 점을 채워서 일기를 더 잘 쓰고 싶다.

80

오늘 회장 뽑는 날
내가 될까?
누굴 뽑을까?
마음이 조마조마

투표 결과!
하지만 내 표는
1표밖에 못 얻었어

하지만 난
기분이 좋아
내가 뽑은 아이가
임원이 되어서

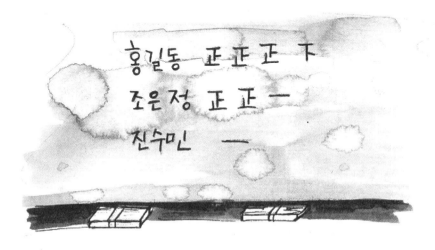

봄: 봄이 왔습니다.
이: 이 꽃 좀 보세요.
찾: 찾아볼까요?
아: 아기도 좋아하는 봄을.
왔: 왔어요, 왔어! 봄내음 풍기는 과일!
어: 어? 어디로 갔지? 내 봄이?
요: 요기도 조기도 봄이 있네!

　고모댁에 봄이 왔어요! 내 고향 여수에서만 보던 동백
꽃이 피었어요. 오랜만에 보는 그 꽃은 참 예뻤지요. 빠
알간 꽃 잎사귀에 노란 꽃수술과 암술, 아직 피지 않은
작고 귀여운 빨간 꽃봉오리. 목련나무, 큰 나무에 초록
잎사귀에 하얀 꽃. 참 기뻤어요! 이곳에서도 가까이 봄
을 볼 수 있어서.

한편으로 잘 되다가 으악 또 풀어졌어? 도와주는 사람 하나 없다. 실로 뜨고 에이, 코 뜬 시간이 아깝다. 코는 잘 떴었는데……

나는 요즘 뜨개질에 정신이 쏠려 있다. 원래 난 뜨개질을 못 한다. 코는 좀 뜨지만 그 다음부터는 이상하게도 코가 하나씩 풀어져 버린다. 너무 아깝다. 이렇게 목도리 뜨려면 일 년도 더 걸리겠다.

나는 소라가 뜨개질하는 것이 정말 부러웠다. 그래서 엄마한테 졸라서 겨우 배웠는데 이게 무슨 낭패람? 원래 처음에는 그렇겠지만 솔직히 말해서 난 내 손이 원망스럽다. 왜? 작으니까.

엄마가 수민이에게

뜨개질은 무엇보다도 끈기가 필요하단다. 꾸준히 하다 보면 코를 빼먹지도 않을 뿐더러 코의 간격이 일정해져 반듯한 편물이 완성된단다. 끈기 있게 해보렴.

1999년 4월 9일 금요일

국희는 우리 반 개구쟁이 남자 아이이다. 오늘 오면서 국화빵이라고 국희를 놀렸다. 그건 내가 남자 아이들과 놀고 싶을 때 그런다.

국희는 활발하고 말도 잘 해서 좋다. 내가 실내화 주머니를 휘둘러도 좋다. 왜냐? 도망치면 더 재밌기 때문이다. 나도 그 버릇은 고쳐야겠다. 왜? 나쁘니까.

남자 아이들은 발랄하고 성격이 좋다. 나도 그런 남자 아이들과 놀고 싶지만 4학년 때와는 달리 애들이 끼워 주지 않는다. 축구도 했었는데…….

선재는 나와 4학년 때 같은 반이었다. 선재는 남자인데도 국희와는 달리 얌전하고 조용하고, 아이들과 어울리지 못한다.

선재 엄마는 호떡, 도너츠 등 각종 빵 장사를 하신다. 그리고 집도 좁다. 선재는 가난해서 그런지도 모르지만 이제는 조금 괜찮아졌다. 친구들을 자기네 포장마차로 데려와서 놀기도 한다.

나는 선재가 국희처럼 생기를 찾고 구김살 없었으면 좋겠다.

84

성당 바자회 무대에서 어린이 퀴즈 대회가 열렸다. 맞추면 상품을 준다. 나는 상품을 타고 싶어서 저요! 저요! 했지만 하나도 맞추지 못했다. 드디어 마지막 문제였는데 정말 쉬운 문제가 나왔다.

"음악의 아버지라고 불리우며 〈놀람교향곡〉을 작곡한 작곡가는?"

그건 5학년 음악 시간에 나오는 것이다. 음악의 아버지라고 말하는 순간 나는 손을 번쩍 들었다. 사회자 아저씨께서 시켜 주셨다.

"하이든이요!"

나는 그 문제를 맞춰서 상품을 타고 엄마한테 칭찬을 들었다. 내가 퀴즈를 맞춰 좋았고, 다음에도 수업 시간에 말씀을 귀담아 들어서 그런 문제가 나오면 맞춰야겠다.

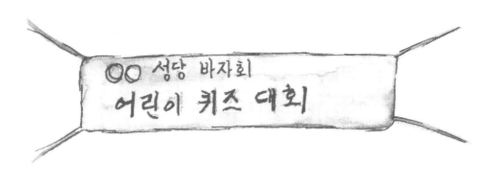

우리 선생님은 공부 시간에는 항상 핸드폰을 꺼 놓고, 가족들도 전화를 하지 않는다고 하셨다. 그런데 오늘도 어제도 매일매일 두세 번씩, 그것도 공부 시간에 따르르릉 소리가 울렸다.

게다가 나와 수진이는 급식 당번인데 국이 없어서 못 먹은 적 빼고는 모두 먹었는데, 편식은 나쁘고 매일매일 말씀하신다. 너무 듣기 싫고 억울하다.

또 일기를 보시지 않고 도장만 찍어 주신다면서 일기를 읽으시는 것 같다.

오늘은 수진이가, 선생님이 어제 본드와 4절 도화지는 말도 안 해놓고는 준비를 안 해온 사람은 집에 가서 가져오라고 하셨다고 나에게 하소연했다. 나도 선생님의 그런 잘난 체하는 점이 마음에 들지 않는다.

엄마가 수민이에게

호호, 수민이 입장에서는 억울할 수도 있겠구나. 하지만 엄마 생각은 너와 조금 다른데? 조금만이라도 선생님의 입장에서 생각해 보렴. 수민이가 선생님의 마음을 이해한다면 그렇게 많이 서운하지는 않을 것 같은데 말이야.

1999년 4월 20일 화요일

　체육 시간, 오늘따라 주근깨가 더 퍼질까 봐 걱정된다.
주근깨가 하나둘 생기면 나는 고민에 빠진다. 주근깨를
어떻게 없애지?
　은현이의 얼굴에도 주근깨가 많아졌고, 또 우리 앞집
소정이는 1학년인데도 얼굴에 막 나 있었다. 수정이의
예쁘고 귀여웠던 얼굴이 주근깨투성이가 되니까 갈수록
보기 싫어졌다.
　나도 그렇게 될지 모른다는 생각에 자꾸만 거울을 본
다.

엄마가 수민이에게

　주근깨라니! 그래서 오늘 수민이가 거울을 유심히 보았구
나.
　엄마도 수민이만할 때 얼굴이 새까맣게 탈 정도로 놀았지만
주근깨는 생기지 않았단다. 걱정하지 말고 운동장에서 맘껏
뛰어 놀려무나. 참, 숙제는 다 해놓고 놀아야 한다.

87

1999년 4월 22일 목요일

　은현이는 참 좋겠다. 느닷없이 그런 말이 나온다.

　내가 왜 이러는 걸까? 사실 나는 매일 선생님한테 나쁜 말만 듣는다. 하지만 은현이는 공부 잘 하지, 선생님한테 칭찬만 듣지, 부유하지……. 하긴 그렇다. 선생님 말씀을 잘 들으니까.

　하지만 선생님은 부유한 3, 4단지에 사는 아이들 이야기는 잘 하시면서 목4동 아이들은 상대도 하지 않는다. 모르실 수도 있지만 벌써 환경조사서는 다 읽어 보셨을 텐데…….

　선생님께서는 은현이한테만 사랑을 보이신다. 우리들도 사랑을 받고 싶고 또 숙제와 준비물도 잘 챙겨 오는데도……. 하지만 나는 그런 은현이가 참 부럽다.

엄마가 수민이에게

　저런, 저런……. 수민이가 선생님께 서운한 감정이 많구나. 네가 선생님의 사랑을 받고 싶어하는 마음은 잘 알지. 하지만 선생님은 바쁘셔서 그런 네 마음을 헤아리지 못할 수도 있단다. 은현이가 선생님께 사랑받는 이유는 그런 마음을 실천했기 때문은 아닐까?

88

엄마 어디 가시고 없는 날. 동생 돌보는 것이 너무 힘
들다. 학교에서 두 시가 되도록 안 온다. 걱정투성이. 왜
늦게 왔냐고 혼을 내지만 아무 대꾸도 안 하고. 나는 먼
저 성당에 가고 나중에 수연이가 오자,

"너, 문 잠그고 왔니?"

"언니, 안 잠그고 왔어!"

또 걱정이 된다.

'도둑이 들면 어쩌지?'

이젠 또 배가 아프다고 한다. 그러면서 내 앞에서 미사
를 본다고 한다. 내 친구 수진이도 안 오고, 내 동생은
걱정거리만 만들어 주는 걱정쟁이. 매일 이러니까 엄마
는 얼마나 힘드실까?

엄마가 수민이에게

저런, 엄마 없는 동안 수연이가 언니를 몹시 괴롭혔구나. 그
래도 잘 참고 동생을 잘 돌봐 준 수민이가 엄마는 대견하다.
엄마 힘든 것도 알고 말이야.

89

물감

물감은 요술쟁이
멋진 푸른 하늘
둥실둥실 뭉게구름
만들고

물감은 꿈의 천사
그림 하나로
내 꿈을 채워 준다

물감들은 모두 한가족
어디서 왔는지
모두 옹기종기 붙어 있다

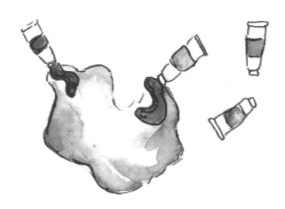

가족들과 여의도 공원에서 놀았다. 자전거를 타고 산책로로 당산철교 앞까지 갔는데 길이 막혀 있었다. 공사 중이기 때문이다. '한 바퀴 돌까?' 하고 생각했는데 길이 막혀 있었다.

우리는 돌아오다가 자연학습장에 들러 붓꽃, 기린초, 쑥갓, 상추, 감자, 둥근소나무 등을 구경했다. 기린초는 흔한 이름이 아니다. 노란색 작은 꽃들이 촘촘히 피어 있었다. 기린초? 아마도 기린초는 기린처럼 길고 노래서 기린초인가 보다.

엄마가 수민이에게

수민이에게도 꽃 이름을 짓는다면 어떤 이름이 어울릴까?
쾌활하고 남자애들보다 운동을 더 잘 하니까, 팔딱초?
건강하고 씩씩하니까, 싱싱초?
남을 배려할 줄 아는 고운 마음씨의 비단초?

91

한 오빠가 나에게,
"목동역이 어디니?" 하고 물었다. 나는,
"곰달래길로 올라가서 계속 가면 목4거리가 나와
요……" 하고 설명해 주기 시작했는데,
"무슨 말을 하는 거야?"
라는 거였다. 나는 목동을 잘 모르는구나라고 생각하고,
"저기 저 뮤직아트 보이시죠? 그 위 언덕을 내려가시
면……."
또 설명이 끝나기 전에,
"이 따위 애기한테 물어 봐서 뭐해?"
그러면서 혼자 갔다. 너무 기분 나빴다.

내가 장고를 가지고 끙끙대며 집으로 가고 있는데 한
아주머니께서 "무거우니?" 하시면서 집골목까지 가져다
주셨다. 정말 고마우신 분이다. 나도 그분을 닮고 싶었
다.
사람은 누구나 다 같은 귀한 존재일지라도 그 가치가
다른 사람이 있다는 것을 오늘에서야 깨달았다.

걸레닦기

엄마께서
걸레 주시면
모두 다 쓱싹쓱싹

나도 쓱싹쓱싹
동생도 쓱싹쓱싹

나는 걸레 밀며 닦고
둘째는 걸레 흔들며 닦고
셋째는 춤을 추며 닦고

　　정월대보름에 내 더위를 다 팔았는데도 무척 더웠다. 땀이 옷에 배고 샤워를 해도 덥고 끈적거렸다. 드디어 온난화 무더위가 시작되는구나. 어, 정말 더워서 학원이고 뭐고 다 저녁때 갔다. 계속 땀이 났고 집에 있어도 더웠다.

　　온난화는 대단하다. 나는 온난화가 정말 무섭다. 1000년, 2000년 후의 지구가 걱정된다.

엄마가 수민이에게

　　그래. 어쩌면 이상기후 때문에 지구 반쪽은 황무지로 변해 버리고, 남은 한 쪽도 사람들과 쓰레기로 넘쳐날지도…….
　　이런, 진짜 무서운 상상을 하고 있구나. 지금이라도 늦지 않았단다. 우리 모두가 나서서 쓰레기와 공해를 줄이고 자연을 보호한다면 지구는 다시 옛날처럼 살기 좋은 별이 될 거야.
　　수민이가 먼저 앞장서서 실천해 보는 건 어떨까?

　오늘 구름 끼고 흐리다더니……. 구름은커녕 흐리지도 않고, 바람도 불지 않고, 선선하지도 않고, 비도 안 오고……. 모자 썼는데도 얼굴이 타고, 땀이 줄줄 흐르는 날이다. 또 집에서 샤워하고 물기를 다 닦고 있어도 속옷이 다 땀에 젖는다. 이런 더운 날은 고생 또 고생이다.

　「비는 이럴 때 오는 거야!」라는 시가 생각난다. 그래. 비는 이럴 때 오는 거야! 나도 이럴 땐 그 말에 맞장구친다. 제발, 비야 오거라! 바람아, 불어라!

엄마가 수민이에게

　엄마도 오늘 청소하면서 내내 찜찜했단다. 아무리 열심히 청소하면 뭐 하겠니? 엄마가 청소하며 흘리는 땀이 바닥에 뚝뚝 떨어져 도로 지저분해지는걸.

95

나 수민이는 내 자신이 밉다. 공부도 못 하고, 돼지고, 바보고, 못생겼고……. 엄마도 미워하고, 아빠도 미워하고, 동생도 미워하고.

내 동생 수연이는 공부 잘 해서 잘났고 나는 공부 못 해서 못났다. 애들도 돼지라고 한다. 가족들도 멍충이, 돼지라고 한다. 수진이도 나를 싫어하고.

나는 어느샌가 미운 오리새끼가 되었다. 예쁜이는 수연이, 똑순이는 수연이. 나는 똑순이란 말을 들어 본 적이 없다.

엄마가 수민이에게

대신 수민이는 듣는데 수연이는 못 듣는 말도 많잖니?
명랑한 수민이, 착실한 수민이, 믿음직한 수민이…….
저런, 오히려 수연이가 샘내겠는걸.

사진 기자가 되어 볼까? 엄마 사진도 찍어 드리고.

내 마음대로 사진을 찍었다. 찰칵! 찰칵! 동생들이 즐겁게 노는 모습, 찰칵! 누가 빠르나 달리기 시합하는 것, 찰칵! 신나게 회전그네 타는 것, 찰칵! 멋진 부곡분교와 교목인 가문비나무, 찰칵! 즐겁게 엄마들 이야기하는 거, 찰칵!

찰칵! 찰칵! 찰칵! 더 찍고 싶은데 벌써 필름이 돌아간다. 사진을 뽑으면 내 실력이 나오겠지?

안네 프랑크. 15살에 운명을 한 불쌍한 소녀이다.

유태인이란 이유 하나만으로 은신처에서 숨어 지내고 그러다 발각되어서 수용소에 갇히고……. 조금만 더 은신처에 있을 수 있었다면 수용소에 들어가지 않아도 되었는데, 왜 하필 그때…….

안네 프랑크는 정말 용기 있는 소녀 같다.

뒷이야기를 보면 수용소에서도 안네는 당당했다. 물론 살아서 돌아오지는 못했지만……. 페터를 만나는 꿈도, 아버지를 만나는 꿈도 깨졌지만…….

나는 안네 프랑크를 죽인 그 나치 독일 부대가 잔인하고 바보 같다고 생각한다. 유태인이 다 구두쇠인가, 뭐?

1999년 8월 16일 월요일

　오늘부터 금요일까지 아빠의 휴가다. 아빠가 계시니까 기분이 좋았다.
　내일은 경포대 해수욕장, 설악산, 오죽헌을 구경하러 2박 3일 동안 강릉에 간다. 정말 즐겁다. 아빠는 일요일에만 집에 오셨는데 일 주일 내내 같이 지내다니 정말 즐겁다.
　아빠가 과자도 사주셨다. 수연이는 설악산이 재미없다고 떼를 쓰지만 가 보면 입이 딱 벌어질 거다.
　아빠는 내가 어렸을 때에도 가 보았다고 하지만 난 기억이 잘 나지 않는다. 이번 여행도 내가 가자고 한 것이다.
　내일 갈 건데 지금부터 들뜬다. 강릉 오죽헌이랑 설악산 보고 와서 친구들에게 자랑할 거다.
　내일이 참 기다려진다.

99

1999년 8월 20일 금요일

　한계령 오색 약수터에 갔다.

　오색 약수터는 1500년 전, 와부 석사절의 스님이 발견했다고 한다. 그런데 그 오색 석사 절은 흔적도 없이 사라졌다고 한다. 참 이상하다. 오색 석사는 없어졌는데 그 스님이 발견했다는 것과 오색 석사라는 절이 있었다는 것은 어떻게 알았을까?

　오색 약수터는 하루 1500리터의 물이 고인다고 한다. 돌 밑에 조금씩 고여 있는 물, 얼마나 귀한가? 그런데 어떤 아줌마는 그 귀한 물을 막 떠서 병 씻는 데 썼다. 너무 나빴다.

　물맛은 철분이 많아서 그런지 특이했다. 오색 약수물은 참 희귀하다.

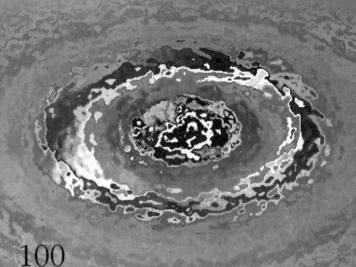

100

  엄마와 놀이터에서 놀다가 떡볶이 집에 갔다. 그 위가 바로 작은엄마댁인데 작은엄마를 만나서 떡볶이도 먹고 놀다가 집에 오니 참 기분이 좋았다. 또 9월이면 이사 갈 수 있다. 집을 계약했기 때문이다. 즐거운 일만 온다. 또 방학 숙제도 거의 다 해 간다. 밀린 것을 끙끙대며 하지 않아도 된다. 또 2학기라고 내 용돈도 천 원에서 이천 원으로 늘었다. 정말정말 즐거운 시간이다. 매일매일 이런 즐거운 시간과 행운만 올 순 없을까?

  하지만 전화위복. 화가 있으면 복이 있고 복이 있으면 화가 있는 법. 화는 언젠간 나에게 올 거다.

轉禍爲福

엄마가 수민이에게

  수민이가 책을 열심히 읽고 일기도 꾸준히 쓴 탓인지 이제는 제법 어려운 한자성어도 잘 쓰는구나. 하지만 전화위복이란, 뜻풀이 그대로 화가 바뀌어 복이 된다는 뜻이란다. 어려운 일이 생겨도 용기를 잃지 말라는 격려의 말이지. 즐거운 일이 생겼으니 이제 화가 올 거라는 생각은 조금 서글프지 않을까?

1999년 10월 3일 일요일

　밤 따러 산으로 가자, 아~. 밤을 따러 예산까지 슝~.
버스 타고 날아갔다 왔다. 밤 줍는데 앗, 따거! 밤가시가
찔러댄다. 그래도 많이 주우려고 이영차 산도 오르내리
고. 앗, 따거! 밤송이도 까고. 아, 정말~. 밤가시가 내
손에 박혔다. 조심조심 빼냈다. 와~, 장갑 끼길 잘 했
다. 밤은 어느새 내 비닐 봉지에 쌓여 가고 있었다. 집에
가서 따뜻한 안방에 앉혀 줄게.

엄마가 수민이에게

　내일 간식은 군밤이란다. 상상만 해도 군침이 도네.
　엄마도 오늘 즐거운 하루를 보냈구나. 비닐 봉지에 수북이
쌓여 가는 밤을 보며 기뻤단다. 모기 때문에 팔다리가 울퉁불
퉁 부풀었는데도 정신없이 자는 네 모습을 보니 내년에도 꼭
밤 따러 가야겠다는 생각이 절로 나는구나.

102

1999년 10월 9일 토요일

　학교 가다가 보니까 단풍잎이 빨간 옷을 입고 있었다. 너무 예뻤다. 빨간색으로 진하게 물들은 것도 있고, 물들고 있는 것도 있고, 노랑, 빨강이 섞여 있는 단풍잎도 있었다.

　어제는 보지 못했는데 오늘 보니까 너무 예뻤다.

　작년에 아람이라는 친구가 쓴 시가 생각났다. '단풍잎은 매일 빠알갛게 된대요.' 참 재미있는 시이다.

　이런 곳으로 이사 오게 되어서 단풍을 멀리 안 가고도 가까운 곳에서 볼 수 있어서 좋다. 그러고 보니 나는 복이 많네. 4단지에선 단풍을 볼 수 있고, 3단지에선 은행을 볼 수 있고.

엄마가 수민이에게

　잘 살펴보면 산수유, 앵두나무, 라일락 등 여러 종류의 나무와 꽃이 많단다. 엄마와 내일 아파트 화단을 한 바퀴 돌아볼까?

103

엄마 쪽 큰이모 식구만 빼고 친척들이 다 모여서 서울대공원에 갔다. 비가 오는데도 리프트를 타고 올라갔다.

　내 눈길을 끄는 건 백호! 백호는 시베리아 호랑이 사이에서 태어나 어미와 같이 살지 못했다고 한다. 이런 경우는 만 분의 일 정도의 비율밖에 없다는데 세상에나! 내가 소리를 지르니까 막 달려들려고 했다.

　백호는 2월 27일에 태어났는데 이름은 시'베'리아의 베, 헤'라'클레스의 라를 따서 '베라'이다. 다음엔 돌고래쇼를 보았다. 돌고래가 꼬리로 안녕~ 하고, 지느러미로 박수도 쳤다. 물개는 노래도 불렀다. 돌고래는 삑삑

하면서 개나리음에 맞춰 불렀다. 그 다음은 악어관에 가서 늘보를 보았는데 정말 느리다. 걸음 한 번 걷는데 1분. 이럴 수가! 악어는 정말 컸다. 최고 재미있었던 것은 원숭이에게 물을 주니까 막 마시고 물통을 던졌던 일이다. 원숭이는 아빠가 좋은가 보다. 또 라마는 잎을 잘 먹어서 내가 주는 잎도 잘 먹었다.

　동물들은 신기하다. 돌고래는 참 귀엽고, 원숭이는 웃기고, 백호는 무섭고, 악어는……. 동물이 갑자기 좋아진다. 사슴에게 먹이도 주었다. 꽃사슴이 특히 귀여웠다. 백사슴은 겉으론 무섭게 생겼지만 생각해 보면 참 귀엽다. 다음에 또 와서 사슴도 보고 못 가 본 다람쥐 광장, 개미 마을, 금붕어 광장을 가 보고 싶다.

1999년 10월 13일 수요일

우리 나라는 정말 예의가 없다.

오늘 낮에 껌을 샀는데, 동생과 나누어 먹으려 할 때 한 구질구질한 아이가 "나 하나만" 하면서 껌을 달라고 했다. 그래서 껌을 하나 주었더니 "나 더 줘" 하며 더 빼앗아 가려고 주머니를 뒤지고 하더니 나한테 하는 말이 "빨리 사 내놔. 정말 빨리 줘~" 하는 것이다. 내가 도망치니까 붙잡아 넘어뜨리고, 내 동생에게 그네 밀라고 하고, 정말 기분 나쁘다.

저녁엔 〈타잔〉 영화 보러 가서 줄을 서 있는데 한 아주머니가 새치기를 하였다. 또 버스에서는 정류장을 그냥 지나쳤다고 쫓아온 아저씨와 운전기사 아저씨의 싸움, 아이의 울음소리로 시끄러웠고, 내리려고 나가는데 비켜 주지도 않았다. 동방예의지국이라면서 정말 예의라곤 하나도 없는 우리 나라. 좋아지는 방법은 단 하나. 나부터 실천하자!

엄마가 수민이에게

엄마의 얼굴이 붉어지는구나.
혹시 엄마도 그런 실수를 하지 않았나 하는 반성 때문이고, 어른으로서 잘못된 행동을 고치려는 노력이 부족하지 않았나 싶은 마음 때문이란다.
엄마가 수민이에게 많이 배운 하루였단다.

106

엄마의 자전거는 의자가 높고 동생의 자전거는 의자가 낮다. 그래서 엄마 자전거 타려고 기를 쓴다. 하지만 키가 작아서 발이 안 닿아 아빠가 잡아 주셔서 간신히 올라탔다.

재미있어서 또 타고 싶지만 아빤 집에 계시지 않는다.

혼자서 한 다리 올리고 자전거 올라타는 연습을 했다. 이제는 잘 탈 수 있다.

엄마와 자전거 타고 2단지까지 산책을 나갔다. 정말 즐거운 산책이었다.

안 되는 일이 있으면 배워서 연습하는 것이 쉽게 하는 방법이란 걸 알았다.

한 번쯤 가 보고 싶은 곳

책을 보면
어느새 상상의 세계로 쏙 빠져 버린다

거꾸로 나라
게으름뱅이의 나라
전기 나라

책을 보면서
상상의 세계로 갔다가 다시 나오면
나도 한 번쯤은 가 보고 싶은 그런 나라
상상의 나라

108

1999년 12월 14일 화요일

『매트릭스』를 보고서 2190년 정도 때의 일을 상상해 보았다. 그때까진 내가 못 살겠지만 매트릭스같이 인간이 로봇이 되어 복제당하고, 인간이 인간에게 조종당하고, 죽은 사람이 폐기되어 다시 태어나는 그런 것은 정말 싫다. 너무 징그러울 뿐만 아니라 누구에게 조종당하는 건 정말 싫다. 이 세계가 이 상황에서 더 발전을 안 했으면 좋겠다.

2001~2190

엄마가 수민이에게

오, 안 되지요.

지나친 두려움은 사물을 제대로 바라보지 못하게 할 수도 있단다. 미래에 우리의 운명이 『매트릭스』에서처럼 로봇에게 인간이 정복당하는 끔찍한 일뿐일까?

눈을 감고 한번 상상해 보렴. 은하철도 999를 타고 우주 여행을 떠나는 자신의 모습을.

조금은 다른 미래의 설계도가 펼쳐지지 않니?

109

지킬 박사와 하이드

이 책을 읽고 정말 선하게 살아야겠다고 생각했다.

대충 내용을 설명하자면, 지킬 박사가 약을 만들어 악의 약을 먹으면 하이드로 변하고, 선의 약을 먹으면 지킬 박사로 돌아가게 된다. 하지만 지킬 박사는 여러 달 동안 악의 약을 많이 먹고 나쁜 짓을 하는 것을 재미와 즐거움으로 삼았기 때문에, 결국은 마음까지 악하게 변하여 악의 약을 복용하지 않아도 하이드가 되어 버렸다. 결국은 살인까지 하였고, 자신이 악이라는 괴로움 때문에 그는 고백서를 쓰고 자살을 하였다.

지킬 박사는 선한 사람이었지만 자신의 약품과 선과 악의 실현에만 정신을 쏟아서 자신도 모르게 악한 마음을 가지게 되고, 나쁜 일에 점점 끌려들어 끝에는 완전한 하이드가 되어 버린 것이다.

나도 지킬 박사처럼 하나의 것에 미쳐 내 자신 모두를 버리지 않도록 주의해야겠다.

"와, 이모 너무 예쁘다. 딴사람 같애."

공주처럼 예쁘고, 새하얀 한 신부가 예식장에서 사진을 찍고 있었다. 우리 이모였는데 이모 같지가 않았다. 오늘따라 더 예뻐 보이는 것이다.

내가 웨딩마치를 쳐 주기로 했는데 연습을 안 해서 잘 못 쳐서 큰이모께서 치셨다. 이모께 정말 미안했다.

이모가 이모부와 결혼식장을 퇴장할 땐 정말 섭섭했다. 매일 집에서 같이 생활하던 이모가 오늘 당장 같이 생활을 못 한다면……. 집안이 너무 허전할 것이다.

이모와 나는 사진을 찍었다. 사진을 찍고 나니 더 섭섭했다. 하지만 이모집이 가까워서 다행이지. 멀면 나는 울었을 것이다.

이모가 토요일마다 놀러 오기로 해서 너무 좋았다. 이모와의 약속은 내가 더 잘 지키려고 노력할 것이다.

엄마가 수민이에게

엄마도 오늘을 잊지 못할 거야. 아름답고 천사처럼 예쁜 미소를 짓던 이모 모습을……. 우리는 한 지붕 아래에서 천사와 함께 살면서도 미처 깨닫지 못했는지도 몰라.

111

도서실에서 엄마를 만나기로 했다.

"어휴, 두 시간이나 지났는데 왜 안 오시지?"

집에 계시나 해서 집에 전화를 해보니 도서실에 안 온다고 우기던 둘째가 받는다. 셋째가 하도 괴롭혀 '집에 가자' 하고 도서실을 나섰다.

신호등을 막 건너려고 할 때였다.

"수민아! 수민아!" 하고 부르는 사람이 있었다. 엄마였다. 그렇게 반가울 수가 없었다. 셋째는 도서실에서 엄마를 기다리며 졸기까지 했기 때문에 나보다 더 반가웠을 것이다. 심지어는 울기까지 했다.

엄마는 어머니회 모임에 다녀오셨다고 한다. 좀 일찍 오시지 얼마나 많이 기다렸는데……

평소엔 아무렇지도 않았는데 오늘따라 엄마가 더 반가웠다.

엄마가 수민이에게

막내둥이 때문에 고생이 심했나 보구나. 약속시간을 어겨서 미안하긴 한데 가끔씩은 일부러라도 늦게 와야겠다는 생각이 드는걸? 그래야 엄마의 소중함도 알지, 호호.

112

1999년 12월 31일 금요일

한 해가 다 저물어 간다.

이제 이 해가 지나고 12시가 되면 2000년이 시작되는 제야의 종이 울리고, 나는 그때부터 12살이 되어 6학년 으로 올라간다.

한 해 동안 나는 잘 한 것도 있었지만 잘못한 것도 있었고, 하고 싶었지만 하지 못해 섭섭한 것도 있었다. 엄 마, 아빠 말씀 안 듣고, 잘못하고, 동생이랑 싸운 것도 정말 후회되고…….

이제 제야의 종이 울리고, 우주의 시계가 2000년으로 바뀌면 나도 12살이 되고, 6학년이 된다. 아직 종업식은 안 했지만. 아무튼 내일부터라도 더 성숙하고 노력하는 아이가 되어야겠다.

Good-bye 1999! Hi 2000!

★ 수민이의 6학년 때 일기

4부 6학년 6반
악동들

　나는 겁이 참 많다.
　지나가는 수상한 사람을 의심하질 않나, 나 혼자 가면
불안해서 누굴 끌어들이질 않나, 험상궂은 오빠들을 보
면 피하고 막 뛰어가질 않나…….
　어떡해야 이 겁을 없앨 수 있지? 태권도나 검도를 배
워 볼까? '잊자, 생각하지 말자' 하고 몇 번씩 다짐하지
만, 나는 자꾸 불길한 생각만 한다.
　왜 그러지? 내가 캠프를 가면 집에 무슨 일이 생겼나
안 생겼나 걱정이고…….
　휴우~. 나 혼자 저절로 한숨이 나온다. 혹시 나도 증
후군이?
　어휴, 아무튼 6학년이 되어서는 내 겁을 없애야겠다.

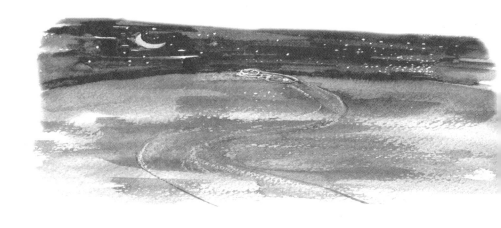

116

2000년 1월 6일 목요일

    글짓기 선생님이 '일기'라는 소리는 입 밖에도 내지 않고 일기 검사도 안 하셨다. 이상했다. 선생님께 검사 맡으려고 일기도 꼼꼼히 매일매일 쓰고 있는데…….

    일기장의 검사 맡을 쪽을 펴놓고 계속 기다렸다. 그러면 맡아 주시겠지 하고 말이다. 선생님은 일기장이라는 글씨를 보셨나 모르겠다. 내가 일기장을 상 위에 올려놓아도 본 체 만 체하셨고, 독서록 검사를 하신 후,

"글짓기장 빼고는 모두 내려라."

라고 말씀하셨다.

    나는 정말 일기 검사가 받고 싶었는데……. 내 사생활과 내 느낌이 다른 사람들에게도 노출되지만 일기에 대한 내 결점을 고칠 수 있기 때문이다. 그런데 왜 검사를 안 하시는지 모르겠다. 내 마음도 모르시고.

    다음 주에는 선생님께서 잊지 않으시고 꼭 일기 검사를 해주셨으면 좋겠다.

엄마가 수민이에게

    저런, 일기 검사를 못 받아서 무척 서운한가 보구나. 하지만 일기를 쓰는 이유는 자신의 생활을 되돌아보고 보다 나은 내일을 계획하고 실천하기 위해서가 아닐까. 굳이 일기를 잘 썼는지 못 썼는지 하는 검사가 중요하진 않은 것 같은데.

117

　뉴스를 보니 대부분 아이들에게 포켓몬스터 중독 증세가 있다고 나왔다.

　포켓몬스터 열풍인 것은 나도 알지만 이건 너무하다. 아이들이 포켓몬스터에 중독되어 친구들과 그깟 딱지 두 장 가지고 경쟁하고, 싸우고, 자신이 좋아하는 포켓몬이 싫다고 하면 울지를 않나. 스티커를 80개나 모으질 않나. 포켓몬스터 빵에 있는 스티커 모으려고 매일 빵을 먹지 않나. 상품 받으려고 빵을 일부러 사서 응모권을 떼고는 빵은 그냥 버리질 않나…….

　어른들도 참 무관심하다. 이 정도가 되도록 내버려 두다니. 포켓몬스터를 그만두던가 해야지. 너무 포켓몬스터 상품이 많이 나와 어린이들의 눈을 끄는 것도 문제이지만 그것을 다 사주는 부모에게도 문제가 있다고 본다. 아무튼 이 중독 증세는 우리 모두가 해결해야 하고, 책임져야 할 문제다.

나의 라임오렌지나무

제제야, 넌 참 순진하고 착한 아이야. 나는 너처럼 순진하고 착한 아이는 처음 보았어. 아마 이 세상에는 너 같은 아이가 없을 거야.

어렸을 때, 갓난 아기 때는 모두 너처럼 순진하겠지. 하지만 커 가면서, 세상으로 나가면서부터 그 아이들은 이 세상처럼 혼란스러워지는 거야. 너처럼 아이다운 아이는 찾아보기 힘들단다. 요즘 아이들은 모두 어른 흉내를 내고 다니거든.

네가 우리가 사는 이 세상에 오면 적응을 못 할 거야. 아주 혼란스럽거든. 유치원 애들서부터 어른 흉내를 내. 요즘은 유행어 시대라서 유치원생과 저학년은 그 유행어가 진짜 우리말인 줄 알고 있단다.

나는 너처럼 순진하고 착한 아이가 되고 싶어. 하지만 이 시대에 맞춰 나가려면 유행을 따라갈 수밖에 없잖니? 이 세상이 평화롭고 아름다운 세상이 되었으면 좋겠어. 그땐 너도 꼭 놀러 와.

119

엄마 아빠
외숙댁 가시고
나와 동생만 있는 밤

대문을 보면
도둑이 문을 '덜컥'
열고 들어올 것 같고

화장실을 가면
귀신이 '툭'
튀어나올 것 같다

책상에 앉아 있으면
뒤에서 누가
'툭' 건드릴 것 같고

엄마 아빠 없는 밤
무서움 없이 보내는 방법은
없을까?

2000년 2월 19일 토요일

　오늘은 그 동안 정들었던 친구들, 선생님과 헤어지는 날, 종업식이다. 수진이와 같은 반이 못 돼서 서운했다. 또 정들었던 선생님과 헤어지니까 정말 서운했다.

　하지만 3월 2일, 우리 반은 선생님 일을 도와 드리러 등나무 교실에서 만나기로 했다. 그래서 3월 2일에는 꼭 만날 수가 있다.

　빨리 3월 2일이 되었으면 좋겠다. 종업식 끝나고 못 보면 너무 답답할 것 같다. 물어 볼 것도 못 물어 보고 지내야 하니까……

　3월 2일이 빨리 오면 물론 빨리 헤어지지만 친구들과 선생님의 반을 알 수 있고, 서로의 얼굴을 볼 수 있기 때문에 빨리 왔으면 좋겠다.

　선생님과 친구들과는 꼭 헤어져야만 하나? 하지만 새로운 학년이 되면 새로운 친구들을 만나니까, 뭐……

아현이 병문안을 갔는데 서울대학병원에서 한 달에 한 번씩 여는 롯데월드 위문공연이 1시에 있다고 해서 봤다.

키다리 삐에로와 숏다리 삐에로가 누가 더 묘기를 잘 부리나 시합도 했고, 로티와 로이가 춤도 추었다. 삐에로 5인조의 색소폰 5중주도 들었다. 퀴즈도 냈는데 그 퀴즈를 맞혀서 로티 인형을 받았다. 그리고 기념품으로 롯데월드 종합장도 받았다.

나는 그 위문공연 중 삐에로 5인조의 색소폰 5중주가 최고 좋았다. 재미있는 곡들을 많이 들어서이다. 곡 중에서도 〈아기 코끼리〉가 최고 재미있었다. 사람들이 제목을 모를 뿐이지 우리 주위에서 흔히 들을 수 있는 곡이다. 특히 서커스 할 때 많이 나오는 곡이다.

롯데월드에서 큰 병원을 찾아와서 무료 위문공연을 하는 것은 정말 좋은 일이라고 생각한다. 나도 다음에 커서 어른이 되면 이 아저씨들처럼 병원에 찾아가 위문공연을 하고 싶다.

122

삼국지 목각인형극을 보러 호암아트홀에 갔다.

삼국지를 보러 온 사람들로 인해 호암아트홀은 사람들로 꽉 찼다. 특히 어린이들이 많았다.

일·중 합작인데 인형이 참 섬세하고, 눈빛도 사람 같았다.

1막은 조조가 유비의 성을 뺏고, 홍수가 나는 이야기다. 또 2막은 제갈공명이 손권과 조조를 싸우게 하여 유비는 제갈공명 덕에 조조를 잡지만 제갈공명이 살려 주라고 해서 살려 준다.

난 그 중 전쟁이 나는 장면이 참 흥미로웠다. 불에 타고, 배가 전진하고, 너무 멋졌다. 롯데월드의 환상의 오딧세이 같았다.

내가 오늘 2막까지 본 것은 시작에 불과하다고 한다. 원래는 그후 60년 동안 전쟁이 계속된다고 한다.

나는 여태까지 『삼국지』라는 책이 재미없는 책인 줄로만 알았는데 그게 아니었다. 오늘 집에 가면 나머지 이야기를 읽어야겠다.

123

도서실에 가서 『사씨남정기』를 읽었다. 한림이라는 남자가 사씨를 안주인으로 데려왔다. 하지만 태기가 들지 않자 교씨를 둘째 부인으로 맞이한다. 하지만 교씨는 너무 질투가 심해서 한림의 사랑을 자신이 혼자 차지하려고 했다. 그래서 저지른 일이 수십 개—거문고를 배우고, 무당을 부르고, 사씨를 내쫓고, 사씨의 아들을 죽이려하고…….

나는 이런 일을 저지른 교씨가 너무 싫었다. 질투가 심하면 심했지, 사람을 죽이고, 내쫓으려고 하다니. 그리고 하녀와 무당, 집사도 그렇지 돈에 눈이 어두워 주인을 해치려고 하다니…….

사씨와 그의 시녀, 사씨의 아들은 온갖 고생을 다하고, 집사와 교씨는 뇌물을 주고 벼슬을 얻어 떵떵거리고 살다가 어린 황세자의 올바른 정치로 귀양을 가고……. 그러다 한림과 가족들은 다시 만나고 한림은 벼슬을 얻는다.

그 도중 교씨가 사씨를 여러 번이나 죽이려 했는데 선녀와 아버지가 꿈에 나타나 어디로 피하라고 일러 줘서 무사할 수 있었다. 하늘은 역시 착한 사람을 돕나 보다. 내가 크면 질투가 심하면 심했지 교씨처럼 못된 짓은 절대로 안 할 것이다.

내일이면 봄방학도 끝이다.

새 교실에서 새 선생님, 새 친구들을 만날 건데 누구일까? 조은별? 박새아? 신혜은? 김미현? 4학년 때 친했던 애들이 생각난다. 그 애들과 같은 반이 됐으면 좋겠다.

벌써 마반인 애들 몇 명은 알고 있지만 모두 나와 한 번도 같은 반을 해보지 않은 애들뿐이다. 새 친구를 사귀는 일도 좋고, 매년마다 있어 왔던 일이니까 그렇게 어색하지는 않을 것이다.

4학년 때 같은 반이었던 한나는 마반이라던데⋯⋯. 같은 마반이 된 혜정이와 만나면 어울리겠지? 그럼 난 소라랑 어울려야 하나? 선생님은 누굴까? 남자? 여자? 제발 남자였으면 좋겠다. 그리고 내 친구들이랑 꼭 같은 반이 되었으면 좋겠다.

엄마가 수민이에게

저런, 엄마는 수민이를 나약하게 키우지 않았는데. 왜 수민이 일기에는 낯선 환경을 두려워하는 마음만 읽히는 걸까? 엄마의 쓸데없는 걱정이겠지. 새 교실과 새로 사귈 친구들, 새 선생님을 만나는 기대와 설레임일 거야. 새로운 세계는 늘 두려움과 설레임으로 다가온다.

125

2000년 3월 5일 일요일

엄마의 초등학교, 중학교, 고등학교 때 사진을 보았다. 엄마의 얼굴은 볼 때마다 똑같았다. 지금 얼굴과도 같고 말이다. 엄마의 머리는 언제나 단발이었나 보다. 사진에는 다 단발이다. 하긴 옛날엔 귀밑까지 오게 잘라야 했으니까.

엄마는 초등학교 때 지금의 우리들 못지않게 멋진 옷을 입고 계셨다. 우리가 보기엔 평범한 옷이지만 그때에는 멋진 옷이라고 했을 것이다. 외가댁은 그때 동네에서 세 번째 가는 부자였다고 한다. 외할아버지께선 면장도 하셨다고 했다.

엄마는 초등학교 때 키가 큰 편이셨다. 사진을 보면 알 수 있다. 엄마의 사진을 난 처음 보았다. 그런데 아빠처럼 빡빡이 사진이 없어서 재미가 좀 덜했다.

2000년 3월 7일 토요일

　초봄에 들어섰는데도 바람이 불었다. 그것도 봄바람처럼 따스한 바람이 아닌 찬바람으로.
　이번엔 봄이 좀 늦나? 저번에는 이맘때면 목련이 피었었는데. 계속 겨울일까 봐 걱정이 되었다.
　봄이 오면 목련도 피고, 꽃도 많이 피어서 예쁠 텐데…….
　난 여름과 겨울이 좋긴 좋지만 덥고 추워서 봄보단 싫게 느껴진다.
　냉이는 올라오고 있을까?
　풀은 돋고 있을까?
　아무리 생각해 봐도 봄은 늦게나 올 건가 보다. 바람 때문에 그런지도 모르지…….

엄마가 수민이에게

냉이는 벌써 올라왔고, 봄도 이미 왔단다.
자세히 둘러 보렴. 소리 없이 우리 곁에 와 있으니까.

2000년 3월 8일 수요일

1학년 6반을 청소하러 갔다.

다른 아이들은 시간이 없다고 사물함 정리만 하고 가고 나 혼자 남아 걸레로 닦고, 쓸어야 했다.

청소를 끝내고 집에 가려고 하는데 1학년 6반 선생님께서 사탕을 주셨다.

나는 마지막까지 남아 있었을 뿐이지 사실 한 일은 별로 없었다. 걸레로 닦는 것도 먼지가 별로 없어서 쉬웠는데도 선생님은 고맙다고 하시며 사탕을 주셨다. 같이 청소한 애들한테 너무 미안했다.

고민하다가 난 내 동생한테 사탕을 주고 청소한 애들한테는 비밀로 하기로 했다. 같이 청소한 애들한테 정말 미안하다. 애들아, 미안. 다음에 선생님께서 주실 땐 내가 받지 않을게.

엄마가 수민이에게

오늘따라 우리 큰딸이 너무너무 이뻐 보이는구나. 그래, 사소한 것 하나에서부터 남을 위할 줄 아는 마음이 있어야 한단다.

128

2000년 3월 16일 목요일

『문제아』라는 책을 읽었다. 거기에는 할머니와 같이
사는 한 소년이 나온다. 소년은 가난하다는 이유로 친구
와 싸워도 더 혼나고, 신문 배달 때문에 오토바이를 타
고 왔다고 해도 선생님은 이유도 듣지 않고 다짜고짜 퇴
학하라는 말을 하게 된다. 그래서 결국은 '문제아'라는
딱지가 붙는데, 내가 보기엔 그 애는 문제아가 아니다.
　오히려 선생님이 더 그런 것 같다. 이유를 들어 보지도
않고 다짜고짜 혼만 내고, 가난하고 오토바이를 탄다는
이유로 문제아라는 딱지를 붙이고…….
　사실 오토바이를 탄 건 그 애의 잘못이다. 하지만 신문
배달로 그런 거니까, 어느 정도는 이해해 주어야 하지
않을까?
　그 아이는 이렇게 생각했다. '나는 문제아가 아니지만
선생님이 그렇게 말씀하시니까 문제아이고, 내가 문제
아가 아니라는 것은 나와 같이 신문 배달을 하는 형밖에
모른다.'
　나는 세상 사람들과 선생님이 그 아이를 좀 이해해 주
었으면 한다.

129

『마루 밑 바로우어즈』라는 책을 읽었다.

바로우어즈는 마룻바닥에 숨어 사는 소인들이다. 이름도 참 이상하다.

그들은 '인간'을 '잉간'이라고 하고 무엇이든지 가져간다. 만약 우리 집에 아주 쓸만한 인형컵이 있다면 그들은 그걸 얼른 가져갈 거다. 그걸 훔쳐 간다고 그들은 생각하지 않는다. 빌려 간다고 그런다. 글을 쓸 때는 우리가 쓰는 공책에 연필로 깨알같이 작은 글씨로 쓴다. 그래야 오래 쓸 수 있기 때문이라고 한다.

바로우어즈들은 인간들이 자신들도 한 생명인데 쥐로 취급해서 잡아 죽이고 하기 때문에 싫어한다. 하지만 인간들이 잘 대해 준다면 친구가 될 수도 있다.

이건 한 편의 이야기이지만 우리 집에 바로우어즈가 살았으면 얼마나 좋을까? 절대로 해치지 않을 텐데…….

오늘 또다시 황사 현상이 일어났다. 7일보다 심하지는 않다고 뉴스에 나왔지만 바람도 '윙윙' 불었고, 마스크를 쓰고 다니는 아이도 있었다. 나는 기침이 전보다 더 많이 나왔다. 황사 현상 때문인가? 그놈의 황사 현상 때문에 6학년은 합동체육을 못 했다. 발야구나 그런 걸 할 텐데……

내 동생은 황사가 와서 좋다고 했다. '지옥 같은 체육 시간이 없어져서'라고 한다. 황사가 없어진 줄 알았더니……. 저번에는 3월 꽃샘 추위가 지나고 4월 초순이 되면 황사는 없고 따뜻한 기운이 돌았는데……. 내일은 영하로 내려간다고 한다. 지구가 이상하게 됐나? 빨리 봄날씨가 왔으면 좋겠다.

131

2000년 4월 18일 화요일

　학교 숙제에 전자석을 만드는 것이 있었다. 전자석을 만드는 못을 고르는데 다 짧은 못이고 길고 큰 못이 없어서 그냥 짧은 못으로 했다.

　핀셋으로 못을 집고 불에 달구는데 못이 자꾸 미끄러졌다. 그래서 가정용 집게로 잡고 하였다.

　처음엔 색깔도 모양도 변하지 않았다. 하지만 한 30초가 지나자 쇠못이 빨갛게 변하고 꼭 녹이 슨 못처럼 되었다.

　엄마가 못이 식으려면 오래 걸리고, 만지면 손에 화상을 입으니까 만지지 말라고 하셨다.

　그 다음에 종이를 감고, 에나멜선을 칭칭 감으면 된다. 아직은 못만 달구고, 나머지는 내일 아침에 하기로 했다.

　전자석이 잘 만들어졌으면 좋겠다.

2000년 4월 21일 금요일

　오늘 신문 기사를 보니까 산불의 피해와 그에 따른 대책이 나와 있었다. 불에 탄 산이 어느 정도 제 모습을 되찾으려면 5~10년, 완전히 회복되려면 50~60년이 걸린다고 한다. 또 식물뿐만 아니라 동물도 많이 죽어서 먹이사슬의 균형이 깨진다고 한다. 산불을 끄려고 했지만 작은 헬기는 바람 때문에 못 뜨고 소방차는 산길로 진입을 못 해서 불을 끌 수 있는 용구는 삽과 곡괭이밖에 없었다고 한다.
　나는 정부가 너무 무책임하다고 생각한다. 돈이 많이 들더라도 큰 헬기와 산불 진압용 소방차를 준비시켜 놓았으면 그보다는 피해를 덜 봤을 것이다. 또 장비를 어느 정도 마련해 놓았다면 더 빨리 끌 수 있었는데……. 이재민들이 너무 불쌍하다.

2000년 4월 26일 수요일

　야생화를 채집하였다.
　나는 허브 같은 것을 뽑아 심었는데 엎어져서 다시 심
었다. 모두 잡초여서 뿌리가 길기 때문에 뽑기가 어려웠
다.
　남자애들은 힘이 좋아서 그런지 하얀색 예쁜 꽃도 할
미꽃도 캐는데, 여자애들이 뽑는 것은 쑥과 교관 선생님
들께서 해주신 할미꽃밖에 없었다.
　나는 다시 난초 같은 풀을 뽑아 심었다. 조심스럽게 가
져가는데 이상민이 내 화분을 일부러 엎지르고 막 풀을
뜯었다. 풀이 너무 불쌍했다.
　결국 나는 아무 풀도 못 캐고, 빈 화분을 들고 왔다. 이
상민은 왜 저러는지 모르겠다.

엄마가 수민이에게

　저런, 말썽꾸러기 상민이 때문에 자연학습을 망쳐 버렸구
나. 다음에 또 기회가 있을 테니까, 그땐 꼭 예쁜 꽃나무를 채
집해서 잘 키워 보렴. 자연의 신비함을 느낄 수 있을 거야.
　그리고 채집을 한다고 해서 이것저것 마구잡이로 뽑아선
안 돼요. 하찮은 잡초 한 뿌리도 귀중한 생명이니까.

134

동생 수연이의 사회 숙제를 컴퓨터 자료로 뽑아 주었다.

내 동생은 컴퓨터를 게임 말고는 할 줄을 모르기 때문이다. 4학년인데도 인터넷을 모르다니, 그래도 컴퓨터를 켜고 끄고라도 할 줄 알아서 다행이지…….

컴퓨터를 할 줄 모르는 내 동생이 한심해 보였다.

'찰카닥 찰칵.' 프린트 소리가 들리고 자료가 인쇄되어 나왔다. 내 동생이 신기한 눈으로 바라보았다. 그리고도 내가 컴퓨터 하는 것이 신기해서 계속 거기에 있겠다고 고집을 피웠다.

으이구―, 정말 내 동생은 왜 그러는지 모르겠다. 빨리 내 동생이 컴퓨터를 배워서 컴맹에서 탈출했으면 좋겠다.

내가 숙제를 해주지 않고 자기 스스로 숙제를 할 수 있게 말이다. 숙제는 자기 힘으로 하는 거니까.

135

2000년 5월 12일 금요일

　　남자애들이 자꾸 분필가루를 뿌려서 여자애들이 뿌연 연기 속에서 콜록콜록 기침을 해야 했다. 왜 자꾸 장난을 쳐서 괴롭히나 모르겠다.

　　여자애들도 가만히 있을 수는 없었다. 남자애들 의자에 사알짝 분필가루를 뿌려 놓았다.

　　남자애들이 돌아와 의자에 앉았다. '털썩.' 분필가루 먼지가 날리고 남자애들은 당황해 했다.

　　남자애들은 두고 보자고 했다. 수업은 20분 일찍 끝났다. 남자애들은 우리를 때리려고 했다. 애인이가 여자화장실에 있자고 해서 냄새나는 화장실에 있어야 했다.

　　남자애들은 정말이지 이해가 안 간다.

엄마가 수민이에게

　　남자애들이 너무 심한 장난을 했구나. 속이 많이 상했지? 그렇다고 남자애들이 한 것과 똑같은 방법으로 복수(?)를 할 수밖에 없었을까? 엄마가 생각하기엔 다른 더 좋은 방법이 있을 것 같은데.

136

2000년 5월 14일 일요일

    스카웃에서 비봉을 가기로 했다. 매표소도 멀고 길이 가파라 매표소까지 오는데도 우리 가족은 벌써 지쳐 있었다.

    한 시간 가다 보니, 1포인트(베이스)가 나와 그곳에서 과제를 수행하고 다음 목적지인 2포인트를 향하여 갔다. 곳곳에 바위들이 많았다. 2포인트는 20분 정도 가니 있었고, 그곳에서 정상까진 30분 가량 걸렸다. 우리 스카웃은 비봉까진 못 갔다.

    위험지대로 암벽 등반을 해야 하는 곳인데 사고도 잦을 것이고, 어린이를 올려 보낸다는 것은 너무 위험했기 때문이다. 그래서 우린 정상인 비봉능선이 보이는 곳에서 쉬었다가 여러 가지 게임을 하고, 대남문, 승가사, 왔던 비봉길로 각각 갈라져 갔다.

    우리 가족은 승가사 쪽으로 갔는데 길이 험하고, 바위와 모래가 있어서 손과 무릎이 까졌다. 몇 분 가니까 구기 파출소가 보였다.

    북한산은 서울의 산 중에서 최고 깨끗한 곳인 것 같다. 쓰레기도 별로 없었고, 물도 맑았다. 자연이 이런 상태로 유지되었으면 좋겠다.

137

요즘 수영을 가기 싫다.

여자애는 나밖에 없다. 요즘은 민지도 자주 오지 않는다. 나오는 여자애들도 다 꼬마애들이고 다른 반이다.

그리고 우리 수영 선생님은 내가 꼴찌만 하면, 뭐 인사안 하고 수영 시간에 늦게 온 것까지 다 트집잡아 '엎드려 뻗쳐'를 시키려고 한다. 다행히 오늘은 그 신세를 면했다.

그런데 지훈이가 장난을 쳐서 할 뻔했는데 이상하게도 선수 준비애들을 뺀 남자애들만 모두 '엎드려 뻗쳐'를 했다. 물론 여자애들도 빼고.

그런데 선수 준비애들도 장난을 쳐서 걔네들까지 해서 남자 전체가 했다.

쌤통이다. 매일 놀리더니…….

남자애들 벌 줄 때 선생님이 가장 좋다.

엄마가 수민이에게

저런, 저런, 남들이 벌 받는 걸 보고 고소해 하다니…….
그럼 못쓰지요.

138

2000년 5월 28일 일요일

 내 분신은 아바타와 가멜컴이 있다. 아바타는 에듀피아 분신, 가멜컴은 가가멜닷컴의 분신이다.
 오늘은 기분이 너무 좋았다. 내 가멜의 사이버 머니가 이천팔백 원이나 되었기 때문이다. 그래서 내 분신에게 옷을 사주고 밥도 먹여 주었다. 내 분신은 에듀피아와 가멜컴 모두 단발머리인데 날 닮은 것 같다.
 내 분신이 많이 컸다. 이제 겨우 2일째, 두 살이지만 신장은 거의 어른에 다다른다.
 키도 165센티미터였는데 173센티미터로 컸다. 너무 기분이 좋았다.
 게임을 해서 사이버 머니를 많이 벌어서, 포인트도 사주고, 매직샵도 사줘야겠다.
 이런 게임 사이트가 많이 생겼으면 좋겠다. 난 꽃이랑 물고기도 키우는데 강아지는 못 키우나?

엄마가 수민이에게

 재미있는 게임인가 보구나. 어떤 건지 엄마한테도 좀 알려 줄래?

139

　내가 4월 4일에 심은 오이가 자라서 베란다 창가까지 자랐다. 오이도 많이 매달렸다. 그 중 한 오이가 보통 오이의 2분의 1만큼 컸다. 너무 기분이 좋았다. 좀 있으면 따 먹을 수 있기 때문이다.

　그 오이가 가장 늦게 매달린 건데 가장 빨리 컸다. 신기하다. 다른 오이들도 보통 오이들의 4분의 1이나 6분의 1만큼은 기본적으로 컸다.

　6월 20일날 이사 가기 전에 오이가 빨리 자라서 많이 따 먹고 이사를 갔으면 좋겠다. 이사를 가면 화분을 가져갈 수 없기 때문이다. 오이야! 빨리 자라라.

140

뉴스에 너무도 한 작은 갓난 아기 이야기가 나왔다.

체중은 400g, 크기는 손바닥만하다고 한다. 쌍둥인데 동생은 그래도 1kg이 넘어서 버틸 수는 있다고 한다.

텔레비전으로 보았는데 정말 손바닥만하고 귀여운 아기였다.

처음엔 위로 음식물을 주입해 주었는데 이젠 좀 나아져서 분유도 먹는다고 한다. 뉴스에선 그 아기의 생명력이 대단하다고 했다.

난 그 아기가 빨리 정상인 몸무게 3kg으로 되어서 즐겁게 지냈으면 좋겠다.

정상 몸무게보다 2.6kg이나 적고 크기도 손바닥만한데 어떻게 버텼을까?

참 신기하다.

아기가 너무 귀여웠다.

요즘 『포켓몬스터』라는 게임이 유행이다.

나도 지금 그 게임을 한다. 매일 yellow 버전만 하다가 blue 버전을 해보았다. 좀 어려웠다.

다른 상대편의 HP는 올랐는데 내 포켓몬의 HP는 닳아지고 있었고, 돈마저 없었다.

내 목표는 내 포켓몬이 진화를 하고, 그 게임을 다 끝마치는 것이다.

시간 있을 때마다, 조금씩 해서 게임에서 이기고 싶다. 전에는 안 그랬는데 요즘 들어 컴퓨터 게임을 자꾸 하고 싶다. 그래서 틈만 나면 컴퓨터다.

시간이 정해지지 않은 다른 학원은 때론 컴퓨터 게임을 하다가 잊어버려 저녁 늦게 가기도 한다. 엄마가 아시면 혼이 날 텐데.

게임을 하는 것도 좋지만 이제부턴 좀 적당히 해야겠다.

엄마가 수민이에게

잘못인 줄 알면서도 계속 그러면 안 되겠지?

2000년 6월 13일 화요일

역사적인 날이다. 남북정상회담이 열리는 날이기 때문이다. 나는 지금 정상회담 소식을 뉴스로 보고 있다. 거기선 실향민이 가족을 찾아 달라고 빛 바랜 사진을 내보인 일과 부모님께 보낼 편지를 40여 통이나 써서 책꽂이를 거의 다 메운 사람의 이야기도 나왔다. 그 중 가족을 찾아 달리던 실향민은 아주 어렵게 소식을 주고받고 있다고 한다. 우리 외할아버지도 고향이 황해도 해주이신데……. 이렇게라도 할아버지 가족들과 소식을 주고받으면 얼마나 좋을까.

통일이란 그렇게 쉽사리 되는 것이 아니다. 여러 차례 회담과 합의가 있어야 이루어진다. 하지만 우리 외할아버지가 돌아가시기 전에 꼭 통일이 되었으면 좋겠다. 그리고 외할아버지 가족들도 살아 계셔서 언젠가 꼭 만났으면 좋겠다. 내가 대통령이나 리틀엔젤스단이어서 북한에 갈 수 있으면 얼마나 좋을까? 할아버지 가족들을 찾아보고 싶다.

엄마가 수민이에게

엄마도 외할아버지 생각만 하면 가슴이 아려 오는구나. 분명 텔레비전을 보며 우셨을 거야. 빨리 통일이 돼야지.
수민이의 소원과 엄마의 소원이 점점 닮아 가는가 보다.

　동화책『사진 찍는 돼지 임금님』의 머리글을 읽었다. 돼지 임금님은 쌍꺼풀에 두꺼운 입술을 가지고 있었는데 해마다 유행에 따라 사진을 찍었다.
　예로, 만약 쌍꺼풀이 유행하면 책 읽는 모습을 찍어 두꺼운 입술을 가리고, 두꺼운 입술이 유행하면 썬글라스를 쓰고 말이다.
　어느 날 한 신하가 유행은 언제나 바뀌기 마련이니 그런 일을 그만두라고 하자 그제서야 돼지 임금님은 깨닫고 자신만의 개성 있는 사진을 찍었다고 한다.
　나도 남의 유행에 발 맞추느라 바빠 하지 말고 이제부턴 남의 것이 아닌 나만의 개성을 연출시키면서 살아야겠다. 사실 연예인을 따라 하는 것도 그리 좋은 건 아니니까.

북한의 언어에 대한 책을 읽었다. 북한의 말과 우리의 말은 매우 달랐다. 문장에서 쓰는 '바쁘다'는 '바바맞다'였고, 연고는 '무른 고약', 칫솔은 '이솔'처럼 단어가 완전히 틀렸다.

나는 이 책을 보면서 북한과 우리가 언어부터 달라서 통일의 길이 더 멀게만 느껴졌다. 우리는 가을이라고 하는데 그 애들은 '강구'라고 하고, 짤랑짤랑을 '왈랑절랑'이라고 하고, 또 도시락을 '곽밥'이라고 한다. 뜻이 맞긴 하지만 왈랑절랑 같은 경우는 너무 이상하고 뜻에 안 맞는 것 같다. 언어부터 같아졌으면 좋겠다.

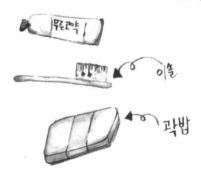

엄마가 수민이에게

그렇구나. 가까우면서도 먼 나라는 일본이 아니라 바로 북한이구나. 교류를 하게 되면 우리도 북한 사람들과 친숙해지고 서로가 쓰는 말에 익숙해지겠지.

영지, 수진이와 함께 YWCA에서 주최하는 통일한마
당 행사 가운데 하나인 글마당에 나갔다.

영지는 운문을 썼는데 글이 어른스러워서 시인이 썼다
고 해야 할 정도였다.

아직 주제를 주고 시간을 알려 준 지 얼마 안 됐는데도
초등부 애들이 작품을 내려고 줄을 섰다. 어떻게 저렇게
빨리 쓰지?

수진이는 정상회담을 중심으로 해서 썼다. 그리고 나
는 주장하는 글로 장점과 단점을 중점으로 해서 썼다.
영지는 초등부에서 대상을 받을 것 같았다. 그런데 심사
기준이 어른 생각이면 탈락이어서 걱정이 되기도 하였
다. 영지의 생각이 너무 어른스러웠기 때문이다. 영지가
참 부러웠다.

상은 못 타더라도 노력은 많이 했으니까 경험으로 생
각하고 다음 기회에 다시 한 번 할 것이다.

쉬는 시간에 슬기가 쪽지를 보냈다.

그리고 와선 수정이가 요즘 다른 애들한테서 멀어져 가니까 우리라도 친하게 지내자고 했다.

평상시엔 수정이가 싫고 미웠는데, 오늘따라 왠지 수정이에게 마음이 쏠렸다. 슬기가 수정이와 너무 지나치게 친하게 지낼까 봐 걱정도 되었지만, 친구 관계를 맺는다는 것은 좋은 일이라고 생각하고 그러자고 했다.

수정이와는 학기초부터 친하지도 않고, 서로 미워했는데 친하게 지내자고 하니……. 전의 일도 미안하고, 좀 기분이 이상했다. 그런데 한자경시대회 때 슬기와 수정이는 떠들어서 걸렸다.

첨부터 좀 걱정이 됐는데…….

나는 슬기와 멀어서 수정이와 내색도 안 하고…….

같이 놀지도 않아서 그저 그렇게 보였지만 슬기와 수정이가 갑자기 친해져서 유별나게 보였다. 지나치게 우정이 깊은 것도 좋지 않은 것 같다.

2000년 6월 30일 금요일

    영어학원에 나의 라이벌이 있다. 나와 같은 나이에 실력도 비슷한 남자앤데, 왜 자꾸 경쟁심이 생기는지 모르겠다. 그쪽에서도 자꾸 날 이기려고 한다. 처음엔 그러지 않았는데 공부하다 보니 그렇게 됐다.

    그래서 외국인 시간에는 단어 한 개라도 더 맞추려고 하고, 내국인 시간에는 점수를 더 많이 얻으려고 한다. 사실 난 그 애를 이기려고 이젠 단어도 외운다.

    오늘은 3점:3점 무승부여서 가위바위보를 했는데 이를 어쩌나, 걔가 이겼다. 전엔 내가 이겼는데……. 아무튼 점수로 치면 무승부이니까 다행이다.

    오늘은 왠지 기분이 좋다. A1로 반도 올라가고…… 그 애도 A1로 올라가면 그때쯤엔 경쟁심이 그쳐지지 않을까? 아니면 다른 라이벌이 생길까?

    때론 라이벌이 있는 것도 좋은 것 같다. 공부를 하게 되니까.

> ### 엄마가 수민이에게
>
>   적당한 라이벌 의식은 서로를 더욱 열심히 노력하게 하니까 좋은 것 같다. 하지만 지나친 건 금물. 상대를 이겼다는 결과에만 치우치게 하니까.

148

2000년 7월 10일 일요일

오늘은 기념할 만한 날이다. 내 동생 용원이가 처음으로 자전거를 탄 날이기 때문이다. 보조바퀴를 떼고 몇 번 엄마 손에 의지해서 타더니 금방 자기 혼자서 탔다. 자전거 타기에 재미가 붙어서 308동에 사는 한세라는 친구를 불러서 같이 탔다.

곧 장소를 운동장으로 옮겨 탔는데 둘이 경쟁심이 붙어서 처음 타는 건데도 혼자서 터득하고 브레이크 잡는 법도 터득했다. 경쟁심이 붙으면 뭐든지 잘 하려고 해서 더 잘 하게 되나 보다. 공부에도 경쟁자가 생기면 성적이 오를까?

엄마가 수민이에게

딩동댕동!
하지만 더 무서운 경쟁자는 자신이란다.

어제 우리 여자애들이 조아 게임에서 졌다. 그 죄로 초콜릿 3개를 사와야 했다.

아침에 그것 때문에 일반상가까지 갔다. 가는 도중 니슬이를 만났다. 니슬이도 안 사서 둘이 같이 초콜릿을 샀다.

드디어 학교에 도착!

초콜릿은 48개. 수학익힘책을 푸는 사람에게 1개씩 주기로 했다. 그러니까 빨리 풀면 자신이 원하는 초콜릿을 먹을 수 있는 것이다.

박종엽은 젠느, 최슬기는 블랙로즈, 장원재는 투유, 나는 크런치를 받았다. 서로 나누어 먹는데 장원재는 주지도 않고 계속 우리보고 돼지라고 했다. '자기가 돼지면서 괜히 남보고 그러네.'

우리 반은 초콜릿을 먼저 받으려고 전쟁이 일어났다. 초콜릿이 떨어지고, 수학 문제의 답을 베껴 오고, 문제를 풀지도 않았으면서 풀었다고 거짓말치고 그냥 가져가고……

먹을 것 하나에 사람이 그렇게 될 줄은 몰랐다. 참 대단하다.

오늘 몇 시간 동안 정전이 됐다. 그래서 냉장고도 세탁기도 못 쓰고 화장실에 불도 켜지지 않았다. 무선 전화기도……

화장실에 들어갈 땐 불을 못 켜 무서웠다. 또 더운데 에어컨도 못 틀고, 선풍기도 못 틀었다. 시원한 얼음물도 마시지 못했다. 라디오도 안 돼서 영어도 할 수 없고, 텔레비전도 못 보고……

모든 것이 건전지 사용과 전기 사용이 같이 되어 있다면 얼마나 좋을까.

정전이 돼도 계속 돌릴 수 있고…….

전기가 없으니까 참 불편했다. 에너지를 아껴 써야겠다.

엄마가 수민이에게

우리 생활에서 전기가 얼마나 소중한지를 많이 느꼈나 보네. 평소엔 그다지 신경쓰이지 않던 것이 잠깐이라도 없으면 몹시 불편하지. 전기만이 아니라 물, 기름…… 모든 것이 다 그렇단다. 소중한 자원을 낭비하지 않도록. 많이 신경쓰자꾸나.

151

　미국갈 때 가져갈 가방을 아빠, 엄마께서 사오셨다. 바퀴가 달린 작고 예쁜 검정 가방이었다. 지퍼에 누가 훔쳐가지 못하게 잠귀 놓으라고 자물쇠도 달린 좋은 가방이었다.

　원래는 초록 가방도 있고, 파란 가방도 있었는데 모양, 색깔은 정말 예쁘지만 주머니도 별로 없고, 실용적이지 않아서 이 검정 가방을 사오셨다고 한다. 우리 엄마, 아빠는 참 현명하신 것 같다.

　패션이나 모양보단 실용적인 것이 물건이 갖추어야 할 것 중 더 중요하다. 모양이 예쁘다고 샀는데, 아무 쓸모가 없다면 쓰레기와도 마찬가지일 것이다.

　나도 겉모양보다는 물건의 쓰임새와 가격을 따져서 사는 알뜰한 사람이 되어야겠다.

152

요즘 따라 인터넷이 잘 되지 않는다.

전에 쓰던 하나로통신은 클릭 한 번 하면 그 사이트로 들어갔는데……. 통신자 수가 많을 때만 좀 느리고……. 그런데 이번에 설치한 한국통신은 전용선이 아니어서 느리고, 연결이 되지 않을 때가 더 많다.

그래서 아예 연결을 끊고, 바꾸어 달라고 했다. 더 빠른 것도 있는데, 잘못 설명을 해서 우리가 선택을 잘못한 것이다.

만약 그때, 한국통신의 아저씨들이 제대로 설명을 했다면 이런 고생은 하지 않아도 됐을 것이다. 인터넷 연결이 되지 않으면 검색도 할 수 없고, 내가 좋아하는 게임도 할 수 없고, 홈페이지 관리도 못 하고…….

정말 이젠 못 믿을 정도이다.

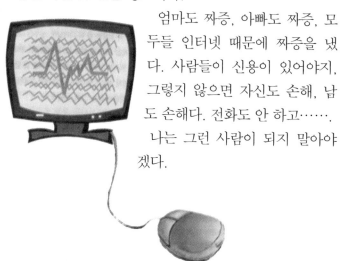

엄마도 짜증, 아빠도 짜증, 모두들 인터넷 때문에 짜증을 냈다. 사람들이 신용이 있어야지, 그렇지 않으면 자신도 손해, 남도 손해다. 전화도 안 하고…….

나는 그런 사람이 되지 말아야겠다.

청학동까진 무려 8시간이나 걸렸다. 그래도 일찍 도착했다고 봐야 하나? 가면서 우린 아빠 친구집이 있는 전주도 보고 아빠의 고향인 임실도 지나쳤다. 청학동에 가니 가슴이 확 트였다. 맑은 공기 때문인가 보았다. 정신도 맑아지고······.

내가 사는 도시 서울과는 딴판이었다. 나무가 우거져 있고, 길도 자갈길, 집도 기와집이었다.

도착해서 2시간 가량은 좀 쉬고 놀았다. 그러다가 저녁식사를 했는데, 음식이 내 입맛에 좀 맞지 않아서 밥을 좀 늦게 먹었다. 옆에 있는 친구들한테 참 미안했다.

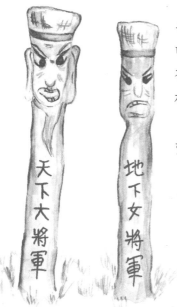

짐을 옮겨 방에 가 보았다. 시원하고 널찍한 방. 하지만 꼭 하나 빠진 것이 있었다. 화장실. 화장실은 멀리 떨어져 있었다. 가까인가?

아무튼 좀 떨어져 있어서 불편했다. 내일부터 어떤 걸 배울까?

참 궁금하다. 선생님들도 무서운데······. 좀 있다 보면 적응이 될 것 같다. 싫지만은 않은 생활이다.

154

청학동에 와서 처음으로 한자 교육을 받는 날이다.

우린 『사자소학』을 처음으로 공부했다. 필습서로 글자를 익히고, 쓰고, 사자소학 읽기책으로 글을 읽었다. 『사자소학』에는 효에 대해 나와 있었다.

'부생아신, 모국오신, 복이회아, 유이포아.' 이렇게 한자로 씌어 있었다. 이 뜻은 '아버지는 나를 낳아 주시고, 어머니는 나의 몸을 기르셨도다. 배로써 나를 품으시고, 젖으로써 나를 먹여 주시니……' 이다.

우린 훈장님을 따라서 뜻과 음 읽기를 했다.

'지금쯤 내 동생도 공부하고 있겠지?'

나와 동생은 학년 때문에 서로 교실이 달랐다.

옆방에서도 글 읽는 소리가 들렸다.

우리보다도 나이 어린 꼬마 아이들의 글 읽는 소리가 우리가 글 읽는 소리보다 훨씬 컸다. 학교에서 한자를 배우기 때문에 아는 단어가 몇 개 있었다.

이 『사자소학』을 다 외우면 학습상을 받는다고 한다. 나도 열심히 해서 퇴소식 때 학습상이나 태도상, 솔선수범 상을 받아야겠다.

좀 지루하지만 꾹 참고 들어야지……

155

삼성궁은 우리 청학동 서당에서 많이 떨어진 곳에 있었다. 한 1km정도 될 것이다.

삼성궁은 무예를 닦는 성인들이 있는 곳으로 견학을 하려면 그곳 수자의 안내를 받고 그곳에 비치되어 있는 한복을 입어야 한다.

삼성궁 사당에서 단군왕검과 환웅, 환인께 참배를 하고, 수많은 높다란 돌탑을 구경하였다.

어떻게 저 높고 많은 돌탑을 혼자서 쌓았을까? 참 궁금했다.

이 삼성궁은 어떤 도사가 하늘의 뜻을 받아 세운 성전이라고 했다. 그래서 모두들 배달성전이라고 부르는데 난 맨 처음에 '배달'이라고 해서 참 궁금했다. 어떤 자장면집 이름이 유적 이름과 똑같은가 보다 하고 생각했다.

'배달성전 삼성궁'이라고 쓰여져 있는 팻말 옆엔 음식점 이름인 듯한 '동이네 집' 간판이 있었기 때문이다. 왜 이렇게 사람을 갈팡질팡하게 만드는지 모르겠다.

팻말 좀 분명하게 만들어 주었으면 좋겠다.

삼성궁은 참 신비롭고 뜻깊은 유적이다. 사람들이 삼성궁을 훼손시키지 않았으면 좋겠다.

156

　아이들이 고무신을 받는 날이다.

　내 동생도 희고 깨끗한 고무신을 받았다.

　고무신을 받은 아이들은 제각기 고무신의 어느 부분에 이름을 썼다.

　'나는 발을 다쳐서 못 신는데…….'

　나도 한 번 고무신을 신어 보고 싶었다.

　고무신을 신을 수 있는 내 동생이 부러웠다.

　그런데 오히려 아이들은 나를 부러워했다. 고무신을 신지 않아서 좋겠다고 말이다.

　고무신을 신으면 발 뒤꿈치가 너무 아프다고들 한다.

　그러고 보면 내가 고무신을 신지 않은 것이 행운일지도 모른다.

　아이들이 고무신을 신고 다니는 걸 봐도 안쓰러워 보였다.

　비가 왔는데, 고무신에 물 털고, 닦는 모습도 그전에 보았고, 모두들 뒤꿈치가 까져서 밴드를 붙이고 다니고……. 그런데 나는 평생 고무신을 못 신을까?

　나도 언젠가 발이 나으면 엄마처럼 행사 때 예쁜 고무신을 신고 가고 싶다.

많은 방학 숙제

방학 내내 놀다가
밀린 방학 숙제가
너무 지겹다.

39가지의 많고 많은
방학 숙제
그것 다 하려면 하루도
더 걸리는데

밀린 일기
만들기 숙제
그리기 숙제
가족 신문

나를 괴롭히는
방학숙제

모처럼 쉬는 방학에도
어김없이 있는 숙제